뉴턴 살인미수사건과 과학의 탄생

뉴턴 살인미수 사건과 과학의 탄생
(청소년 지식소설 십대들의 힐링캠프, 과학)

[십대들의 힐링캠프®] 시리즈 NO. 08

지은이 | 박기복
발행인 | 김경아

2016년 12월 16일 1판 1쇄 발행
2017년 9월 28일 1판 2쇄 발행
2022년 3월 27일 1판 3쇄 발행(총 5,000부 발행)

이 책을 만든 사람들
책임 기획 | 김경아
북 디자인 | 김효정
교정 교열 | 좋은글
경영 지원 | 홍종남
표지 일러스트 | 송진욱

이 책을 함께 만든 사람들
종이 | 제이피씨 정동수 · 정충엽
제작 및 인쇄 | 천일문화사 유재상

펴낸곳 | 행복한나무
출판등록 | 2007년 3월 7일. 제 2007-5호
주소 | 경기도 남양주시 도농로 34, 301동 301호(다산동, 플루리움)
전화 | 02) 322-3856   팩스 | 02) 322-3857
홈페이지 | www.ihappytree.com
도서 문의(출판사 e-mail) | e21chope@daum.net
내용 문의(지은이 e-mail) | yesreading@gmail.com
※ 이 책을 읽다가 궁금한 점이 있을 때는 지은이 e-mail을 이용해 주세요.

ⓒ 박기복, 2016
ISBN 978-89-93460-81-0
"행복한나무" 도서번호 : 092

뉴턴
살인미수사건 과
과학의 탄생

박기복 지음

나는 드넓은 바닷가에서 진리가 담긴 모래알을 줍는
호기심 넘치는 어린아이다.

- 아이작 뉴턴 -

차림표

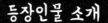

등장인물 소개

프린키
이 글을 이끌어가는 16살 남자 주인공
에드워드 핼리 집에서 일하며 과학을 배우는 학생

로잘린
과학을 좋아하고 호기심이 넘치며 만나는 이들을
모두 즐겁게 만드는 소녀로, 프린키와 동갑

에드워드 핼리
뉴턴에게 『자연철학의 수학적 원리(프린키피아)』를
쓰도록 한 천문학자

아이작 뉴턴
아인슈타인과 더불어 인류 역사에서 가장 유명한
과학자로 케임브리지 대학 교수

로버트 훅
진공펌프를 만들어 보일과 함께 진공을 밝히고
현미경으로 미시 세계를 탐구하는 등 뛰어난 업적을
쌓은 실험 과학자이자 그래샴 대학 교수

앤서니 버클리
데카르트를 으뜸으로 여기면서 자연은 기계와
같다고 주장하는 그래샴 대학 교수

안토니오 루이즈   거대한 저택 지하실에 연구실을 차려놓고
오랫동안 연금술을 연구한 귀족

윌리엄 마이어   천체의 움직임을 바탕으로 점을 치는 점성술사

데이비드 딘젤   과학이 교회를 위협한다 생각해서 과학자를
아주 싫어하는 신부

코메시 헤즐러   에드워드 핼리 친구로 전 세계를 돌아다니며
무역을 하는 상인

일러두기

1 16세기에서 17세기 사이에 서양에선 엄청난 과학 발전이 이루어졌고, 그 발전
이 인류 역사를 뒤바꿀 만큼 굉장했기에 이 때 이룬 과학 성취를 '과학혁명'
이라 부른다. 과학혁명은 코페르니쿠스가 첫걸음을 떼고 뉴턴이 마무리한다.
이 책에서 다루는 뉴턴 살인미수 사건은 당시 시대상황과 과학을 둘러싼 갈
등을 드러내려고 지은이가 상상으로 지어낸 이야기다.

2 17세기에는 자연을 탐구하는 과학을 자연철학이라 불렀다. 그래서 뉴턴이 쓴
책 이름이 『자연철학의 수학적 원리』다. 과학이란 명칭은 18세기에 생겼으므
로 이 책에서는 과학을 지칭하는 낱말을 '자연철학'으로 썼다.

역사를 바꾼 위대한 질문

내가 아홉 살이던 해 11월 하늘에 긴 꼬리를 단 떠돌이별이 나타났다. 처음 봤을 때는 아주 큰 별똥별이 떨어지는 줄 알았다. 그렇게 큰 별똥별을 처음 보았기에 나는 신이 났다. 별똥별이라면 곧 없어져야 하는데 신기하게도 긴 꼬리별은 사라지지 않고 오래도록 밤하늘을 가로지르며 움직였다. 떨어지지 않은 별똥별, 사라지지 않고 날아가는 별똥별은 처음 보았기에 나는 신기한 마음에 밤마다 밖으로 나가 긴 꼬리별을 구경했다. 처음에 엄마는 내가 환한 얼굴빛을 하며 밤마다 밖에 나가는 까닭을 몰랐다. 멀리 가지도 않고 마당에만 머물렀기에 뭐라고 하지도 않았다. 그러다 왜 나가는지 알고는 심하게 나를 꾸짖으셨다.

"혜성은 재앙을 불러온단다. 네가 밤마다 혜성을 보면 혜성에 깃든 재앙이 너에게 스며들어서 너를 해칠지도 몰라. 저 무서운 혜성을 보려고 밤마다 밖에 나갔단 말이니? 너 정말 저주를 받으려고 마음먹었어? 왜 그래? 이런 일 때문에 밖에 나갔으면 엄마한테 말을 해야지. 엄마한테 말도 안 하고 이런 짓을 벌이다니, 넌 도대체 생각이 있니, 없니?"

엄마는 내 눈에서 굵은 눈물이 뚝뚝 떨어질 때까지 야단을 멈추지 않았다.

그 뒤로 한동안 나는 혜성을 보러 밖으로 나가지 못했다. 엄마는 밤에 내가 밖으로 못 나가게 할 뿐 아니라 눈길도 돌리지 못하게 했다. 그러던 어느 날 밤, 엄마가 일 때문에 아빠와 함께 밤늦은 때에 다른 곳에 가셨다. 누나들은 다 시집을 갔기 때문에 집에는 나밖에 없었다.

나는 엄마가 안 계시자 혜성을 보고 싶은 마음이 다시 꿈틀거렸다. 밤하늘을 가로지르던 혜성이 아직도 있는지 몹시 궁금했다. 한 번 일어난 호기심은 아무리 눌러도 틈새로 새어나오는 물처럼 막기 어려웠다. 혜성은 재앙을 불러온다는 엄마 말이 떠올라 무섭기도 했지만, 내 호기심은 그 무서움을 이겨냈다. 나는 둘레를 살피며 문을 열고 나갔다. 혹시 엄마가 오시나 조심히 살핀 뒤 밤하늘을 바라보았다.

혜성은, 아직, 있었다.

그런데 꼬리가 가리키는 쪽이 달랐고, 움직임도 처음과 달랐다. 도대체 왜 저렇게 모습이 바뀌었는지 궁금했다. 그러다 아주 나쁜 생각이 찾아들었다.

'설마 나한테 재앙을 내리려고 저렇게 모습이 바뀌었을까? 아니면 재앙을 받을 사람에게만 저런 모습으로 보일까?'

이런 생각이 들자 몸이 오싹했다. 안 그래도 추운 날씨인데 두려움 때문인지 더욱 추웠다. 밀려드는 두려움을 이기기엔 그때 내 나이는 너무 어렸고, 마음은 또래보다 더 여렸다. 나는 두려움에 떨며 엉엉 울었다. 집 안으로 들어가려는데 발이 떨어지지 않았다. 겨우 힘을 내서 집으로 들어간 뒤엔 침대에 엎드려 한참을 울다가 잠들었다. 엄마와 아빠는 밤늦게 돌아왔는데, 문 여는 소리에 깬 나는 엄마 품에 안겨 또다시 엉엉 울었다. 엄마는 내가 밤에 혼자 집에 있다가 무서워한 줄 알고 나를 따뜻하게 다독였다.

처음에 혜성은 내게 호기심이었지만 나중엔 두려움으로 바뀌었다. 그 뒤론 별똥별만 봐도 나쁜 일이 일어날까 봐 걱정했다.

* * *

나는 누나들과 나이 차이도 많이 나고, 어릴 때부터 누나들 품에서 자라다 보니 됨됨이가 여렸다. 뒤늦게 본 아들이라서 그런지 몰라도 엄마는 내가 앙탈을 부리고 떼를 써도 넉넉하게 웃으며 받아 주었다. 누나들도 뒤늦게 태어난 남동생을 귀여워했기에 나는 거리낌 없이 지냈다. 막내 누나가 시집을 간 뒤에 아빠는 내 걱정을 많이 했다. 뒤늦게 본 외아들이 꿋꿋하게 자라지 못할까 봐 늘 걱정했다. 궁리를 거듭하던 아빠는 에드워드 핼리 선생님 댁에 나를 맡겼다. 그때 내 나이가 열두 살이었다.

사흘은 핼리 선생님 댁에서 자고 나흘째 되는 날 집에 오는 식으로 지냈다. 나는 핼리 선생님을 모시고 심부름을 하면서 선생님께 이것저것 많이 배웠다. 핼리 선생님은 낮보다 밤에 주로 일을 한다.

밤만 되면 하늘을 올려다보며 하늘이 어떻게 움직이는지 살핀다. 핼리 선생님은 16살에 옥스퍼드 대학에 들어갔는데, 중간에 그만두고 먼 바다에 떠 있는 섬에 가서 하늘을 살폈다고 한다. 사람들이 깜짝 놀랄 만한 엄청난 발견도 했다고 한다. 별이 떠 있는 자리와 별이 움직이는 길을 바탕으로 이런저런 계산법도 찾아냈다고 하는데, 여러 번 설명을 들었지만 알아듣기 힘들었다. 바다에서 돌아온 뒤에 논문을 썼는데 논문이 워낙 뛰어나서 옥스퍼드 대학에서 졸업장을 주었고, 겨우 스물두 살에 왕립학회 회원이 되었다고 한다.

핼리 선생님은 내게 수학을 가장 많이 가르쳤다. 나는 제법 숫자 계산을 잘한다. 덧셈, 뺄셈, 나눗셈, 곱셈을 아주 잘해서 장사를 하는 아빠를 종종 도와주는데 아빠가 똑똑하다고 많이 칭찬하셨다. 내가 계산을 아주 잘했기 때문에 아빠는 나를 핼리 선생님께 보냈고, 선생님도 내가 계산을 잘하였기에 나를 받아주었다. 그러나 계산은 잘하는데 핼리 선생님이 가르쳐 주시는 수학은 정말 어려웠다. 왜 그렇게 어려운 수학을 배워야 하는지 알지도 못한 채 수학을 배웠다. 어려운 수학 문제를 붙잡고 씨름하느라 몇날 며칠을 힘들게 보낸 적도 많았다. 내가 풀이를 못해내면 핼리 선생님은 조금 도와주고는 다시 풀라고 시켰다. 나는 핼리 선생님이랑 하늘을 보며 이야기 나누고, 역사나 논리학을 배울 때는 즐겁지만 수학은 점점 싫어졌다. 그럼에도 핼리 선생님은 내가 수학을 그만두지 못하게 했다. 나는 어쩔 수 없이 수학을 붙잡고 씨름을 했는데, 나중엔 문제를 보기만 해도 정나미가 떨어졌다.

* * *

내 나이가 열세 살이 된 1월 어느 날, 핼리 선생님은 왕립학회 모임을 마치고 로버트 훅 교수와 크리스토퍼 렌 교수와 함께 집으로 오셨다. 나는 옆에 머물면서 잔심부름을 했다. 두 사람은 왕립학회 모임에서 미처 끝내지 못한 이야기를 나누려고 온 듯했다.

"한때 케플러는 다섯 개 정다면체가 우주를 이루는 알맹이라고 믿었습니다. 모든 면이 합동인 정다각형이면서 꼭짓점에서 만나는 면 개수가 같은 정다면체는 다섯 개밖에 없지요. 또한 태양을 도는 행성도 지구를 빼면 수성, 금성, 화성, 목성, 토성까지 다섯입니다. 정다면체도 다섯, 행성도 다섯이니 둘을 이어서 생각할 만했죠. 케플러는 지구 궤도 바깥쪽에 닿게, 그러니까 외접하게 정십이면체를 놓으면 화성 궤도가 나오고, 마찬가지로 화성 궤도에 외접하게 정사면체를 놓으면 목성 궤도가 나오며, 목성 궤도에 외접하게 정육면체를 놓으면 토성 궤도가 나온다고 했습니다. 지구 궤도에 안쪽으로 정이십면체를 내접하게 놓으면 금성 궤도가 나오고, 금성 궤도에 정팔면체를 내접하면 수성 궤도가 나온다고 생각했습니다."

크리스토퍼 렌이 말했다.

"아주 순진한 생각이었죠. 그랬던 케플러가 티코 브라헤를 만난 뒤 완전히 바뀝니다. 티코 브라헤는 오랫동안 별들을 관찰하면서 꼼꼼하게 기록을 해두었는데, 이제까지 그 어떤 사람이 했던 관측보다 뛰어났습니다. 케플러는 티코 브라헤가 남긴 기록을 바탕으로 행성이 운동하는 법칙 세 가지를 발견합니다. 케플러는 티코 브라헤가 남긴 기록을 계산해서 행성이 원으로 돌지 않고 타원으로 태양 둘레를 돈다는 점을 밝혔죠. 타원 운동을 하는 물체에는 운동을 이끄는 초점이 두 개가 있어야 하는데 태양이 그 초점 가운데 하나라고 했습니다."

로버트 훅이 말했다.

"아주 오랜 옛날부터 행성은 원운동을 하며, 원이야말로 가장 완벽한 운동이라고 믿었는데, 행성이 타원 운동을 하다니, 전 그 이야기를 듣고 참으로 놀랐습니다."

크리스토퍼 렌은 손짓을 크게 하며 말했다.

"케플러는 행성과 태양을 잇는 선이 같은 시간 동안 스치고 지나가는 면적은 늘 똑같고, 타원 궤도에서 긴 쪽 반지름과 행성 공전주기가 서로 비례한다는 점도 밝혔습니다."

로버트 훅이 케플러가 한 발견을 덧붙이는데, 핼리 선생님이 앞에 놓친 책상을 손끝으로 톡톡 쳤다.

"문제는 왜 그렇게 움직이느냐는 겁니다."

핼리 선생님 목소리가 커졌다.

"왜 행성은 케플러가 발견한 규칙으로 움직일까요?"

궁금함이 가득한 눈은 강렬하게 빛났다.

"행성은 태양을 빙글빙글 돌기 때문에 태양에서 멀어지려는 원심력이 있습니다. 행성이 도망가지 못하게 하려면 똑같은 힘으로 태양이 끌어당겨야 합니다. 그 힘은 아마도 태양에서 행성까지 거리를 제곱한 값에 반비례 하리라고 봅니다. 그러니 거리가 멀어지면 멀어질수록 당기는 힘도 제곱으로 나눈 숫자만큼 줄어들게 되죠. 초와 물건 거리를 두 배로 늘린 뒤 같은 밝기를 만들려면 초를 두 개 놓으면 되는 게 아니라 초를 네 개 놓아야 합니다. 거리를 세 배 늘리면 초를 아홉 개로 늘려야 하죠. 이것은 제곱에 반비례해서 빛이 약해진다는 뜻입니다. 왜 그런지는 모르지만 자연에서는 빛이 제곱에 반비례해서 약해지는 역제곱법칙이 있습니다. 그렇다면 힘도 마찬가지겠죠."

로버트 훅이 차근차근 설명했다.

"저도 거기까진 생각이 같습니다. 그런데 역제곱법칙으로 태양이 행성을 끌어당기는 힘이 줄어든다면, 왜 행성이 타원으로 돌게 되죠? 왜 원이 아니고 타원입니까? 왜 행성과 태양을 잇는 선이 같은 시간 동안 스치고 지나가는 면적은 늘 똑같고, 타원 궤도에서 긴 쪽 반지름과 행성 공전주기는 왜 서로 비례할까요? 거리 제곱만큼 힘이 줄어드는 역제곱법칙과 케플러가 발견한 법칙은 도대체 무슨 상관이 있을까요?"

핼리 선생님은 더욱 매섭게 로버트 훅에게 물었다.

로버트 훅은 깍지를 낀 두 손을 입으로 가져갔다. 두 눈을 찡그리며 골똘히 생각에 잠겼다. 잠시 아무 말도 오가지 않았다. 따뜻한 물을 가지러 가야 했지만, 내 발자국 소리가 생각하는데 방해가 될까 봐 나는 숨소리도 삼키며 기다렸다. 한참 지난 뒤 로버트 훅이 깍지 낀 손을 풀었다.

"제가 그 답을 찾을 수 있을 듯합니다."

"정말입니까?"

핼리 선생님이 벌떡 일어났다가 앉았다.

"훅 교수님이 정말 그걸 할 수 있습니까? 만약 그걸 밝혀내면 그야말로 엄청난 발견입니다. 이 우주가 돌아가는 근본원리를 찾아내는 겁니다."

크리스토퍼 렌도 들뜬 얼굴빛이 되었다.

나는 핼리 선생님과 크리스토퍼 렌이 왜 그렇게 흥분하는지 헤아리지 못했다. 역제곱법칙과 케플러법칙이 어떻게 이어져 있는지 밝히면 우주가 움직이는 근본원리가 어떻게 밝혀지는지 알지 못했다.

"꽤 걸리긴 하겠지만 그리 어렵지 않을 듯합니다."

로버트 훅은 꽤 자신 있게 말했다.

"좋습니다. 만약 훅 교수님이 그 원리를 밝혀내면, 제가 교수님께 큰 선물을 드리겠습니다. 아, 물론 제 선물은 이 발견이 훅 교수님께 드릴 명예와 영광에 견주면 아무것도 아니겠지만요."

그날 세 분은 아주 들뜬 얼굴이 되어 헤어졌다.

* * *

그해 3월에 핼리 선생님 아버지가 돌아가셨다. 핼리 선생님은 매우 힘들어 했고 이런저런 뒤처리를 하느라 바빴다. 8월이 되었지만 로버트 훅에게선 아무런 소식이 없었다. 몇 달이면 밝혀낼 수 있다고 자신 있게 말했지만 그러지 못한 모양이었다. 아무래도 로버트 훅은 우주에 깃든 근본원리를 밝혀낼 재주가 없는 듯했다. 8월 어느 날, 핼리 선생님은 마차를 타고 케임브리지 대학을 찾아갔다. 거기서 핼리 선생님은 아주 깐깐하게 생긴 한 남자를 만났는데 그 사람 이름이 아이작 뉴턴이었다. 두 분은 매우 친했다. 한참 이야기를 나누다가 핼리 선생님이 아이작 뉴턴에게 물었다.

"교수님, 태양에서 거리가 멀어지면 멀어질수록 그 거리 제곱만큼 반비례하는 행성이 있다고 했을 때, 그 행성은 어떤 궤도로 태양

주위를 돌게 될지 생각해보셨습니까?"

로버트 훅이 몇 달 안에 밝혀내겠다고 했던 근본원리에 대한 물음이었다.

"타원이지요."

뉴턴은 머뭇거리지 않고 바로 답했다.

핼리 선생님 얼굴빛이 환하게 밝아졌다.

"아니, 어떻게 그렇게 금방 대답을 하십니까?"

"그야 옛날에 계산해 봤으니까요."

뉴턴이 하는 말을 들은 핼리 선생님 얼굴은 그야말로 기쁨에 들떴다.

"정말입니까? 그걸 벌써 계산해 보셨던 말씀입니까? 보여줄 수 있습니까?"

"그러지요."

뉴턴은 머뭇거리지 않고 자리에서 일어나더니 둘레를 뒤졌다. 그러나 책과 종이가 산처럼 쌓인 탓에 옛날에 계산했던 결과를 바로 찾아내지는 못했다.

"뭐, 어렵지 않으니 빠른 시간 안에 다시 계산해서 보여드리지요."

뉴턴이 가볍게 말했다.

"그래주신다면 더없이 고맙겠습니다. 꼭 부탁드립니다."

18

태양에서 거리가 멀어지면 멀어질수록 그 거리 제곱만큼 반비례하는 행성이 있다고 했을 때, 그 행성은 왜 타원으로 돌게 되고, 왜 행성과 태양을 잇는 선이 같은 시간 동안 스치고 지나가는 면적은 늘 똑같고, 타원 궤도에서 긴 쪽 반지름과 행성 공전주기는 왜 서로 비례할까? 다시 말해 거리 제곱만큼 힘이 줄어드는 역제곱법칙과 케플러가 발견한 법칙을 모두 아우르는 원리는 무엇일까?

물론 그때 나는 그 물음에 담긴 뜻이 뭔지 전혀 몰랐다. 그러나 핼리 선생님이 한 물음은 역사에서 다시 보기 힘든 천재인 아이작 뉴턴에게 큰 자극이 되었고, 몇 년 뒤 인류 역사를 뒤바꾸는 엄청난 책이 되어 나온다. 아이작 뉴턴이 했던 위대한 발견 뒤에는 핼리 선생님이 던진 위대한 질문이 있었다.

01 자연철학은 악마의 속삭임인가?

1687년 7월 3일 아침.

모처럼 쉬는 날이라 늦잠을 자려는데 이른 아침부터 엄마가 깨우는 바람에, 나는 싫은 티를 팍팍 내며 침대에서 뒹굴고 일어나지 않았다. 그러나 엄마는 내 침대 옆에서 떠나지 않고 끈질기게 내가 일어나길 기다리셨다. 엄마는 웬만한 일로는 큰소리를 내지 않는다. 늘 차근차근 말씀하신다. 그날도 침대 옆에서 큰소리 내지 않고 "교회 가야지." 하는 말씀만 거듭했다. 귀를 틀어막고 끝까지 버티고 싶었지만 엄마를 이길 수는 없었다.

엄마는 내가 쉬는 날이면 어김없이 나를 끌고 교회에 나가신다. 나야 쉬는 날에만 가지만 엄마는 날마다 아침 일찍 열리는 예배에 가신다. 일요일에만 가도 될 텐데 하루도 빠지지 않고 가시는 게 이해가 되지 않았다. 전날 밤 늦게까지 일을 하셔도, 몸이 안 좋아지셔도 빠지지 않는다. 엄마가 교회에 가는 정성이 나에게는 그저 놀랍기만 하다.

하얀 벽에 수많은 창문들이 가득한 예배당은 들어서기만 해도 몸을 함부로 움직이지 못하게 하는 힘이 있다. 혹시라도 나쁜 마음이 일어나면 큰 죄라도 지은 듯 죄스럽다. 교회에 오기 싫었지만 교회 예배당에 들어서자 오기 싫었던 마음마저 큰 죄처럼 여겨졌다.

예배는 데이비드 딘젤 신부님이 이끄셨다. 기도를 하고, 찬송가를 부르고, 일어서다 앉기를 거듭했다. 늘 하던 예배였기에 딘젤 신부님이 이끄는 대로 따라했다. 딘젤 신부님이 말씀을 하실 차례가 되었다. 여느 때 같으면 일반 신도가 성경을 읽고, 신부님이 성경을 바탕으로 말씀을 하시는데, 왜 그런지 모르지만 그날은 직접 성경을 읽어 나가셨다.

"태초에 하느님이 천지를 창조하셨다. 땅이 혼돈하고 공허하며 어둠이 깊음 위에 있고 하느님 영은 물 위에 움직이고 계셨다. 하느님이 말씀하시기를 '빛이 생겨라' 하시니 빛이 생겼다. 그 빛이 하느님은 보기에 좋았다. 하느님은 빛과 어둠을 나누어서 빛을 낮이라 정하고, 어둠을 밤이라고 하셨다. 저녁이 되고 아침이 되니 하루가 지났다."

신부님이 읽는 대목은 성경을 넘기면 가장 먼저 나오는 창세기였다. 성경을 펼치면 곧바로 나오는 대목이라 성경을 많이 읽지 않은 나도 수십 번 읽어서 아는 내용이다.

"…… 하느님이 손수 만드신 모든 것을 보시니, 보기에 참 좋았다. 저녁이 되고 아침이 되니 엿샛날이 지났다. 하느님은 하늘과 땅과 그 가운데 있는 모든 것을 다 이루셨다. 하느님은 하시던 일을 엿샛날까지 다 마치고, 이렛날에는 하시던 모든 일에서 손을 떼고 쉬셨다. 이렛날에 하느님이 창조하시던 모든 일에서 손을 떼고 쉬셨으므로 하느님은 그 날을 복되고 거룩하게 하셨다."

딘젤 신부님은 일곱째 날 하느님이 온 누리를 지으시고 쉬는 대목까지 읽고는 성경을 덮었다.

"저희는 하느님께서 보살펴주시는 어린양이옵니다. 우리 죄를 없애주시는 주님이시여, 우리를 불쌍히 여기소서."

딘젤 신부님이 기도하자 신도들이 다 같이 입을 맞추어 따라 했다.

"요즘 아주 두려운 일이 일어나고 있습니다."

늘 잔잔하게 말하던 신부님은 그날따라 목소리도 크고 거칠었다. 왜 그런지 모르지만 여느 때 신부님과 많이 달랐다.

"성경 첫 머리에 나와 있습니다. 빛과 어둠, 해와 달, 땅과 하늘, 동물과 식물, 그리고 사람까지 모두 하느님이 지으셨습니다. 우리는 하느님이 지으신 누리 안에서 하느님 보살핌을 받으며 살아갑니다. 하느님은 만물을 지으셨고, 만물을 다스리며, 만물을 끝낼 힘도 지니고 계십니다.”

이곳저곳에서 ‘아멘’ 소리가 들렸다.

“그런데, 그런데 말입니다. 요즘 아주 못된 사람들이 하느님이 만드시고 다스리는 세상을 거스르는 짓을 벌이고 있습니다. 옛날엔 마녀와 흑마술사들이 우리 믿음을 깨뜨리려고 못된 짓을 벌였다면, 요즘은 ‘자연철학’이라는 이름을 내세워 믿음을 깨뜨리려는 사람들이 많습니다. 그들은 악마가 씌운 줄도 모르고 그런 짓을 합니다.”

나도 모르게 눈이 동그랗게 커졌다. 자연철학이라는 이름으로 믿음을 깨뜨리다니, 자연철학이 뭐가 어때서 믿음을 깨뜨린단 말인가? 자연철학을 하는 이들에게 정말 악마가 씌웠을까? 그렇다면 핼리 선생님도 자연철학을 하는 분이니 악마가 씌웠을까? 내가 지켜본 핼리 선생님은 그 누구보다 하느님을 마음 깊이 믿는 분이다. 신부님 말씀은 도저히 믿기 어려웠지만, 신부님 말씀을 안 믿으면 도대체 누구 말을 믿어야 하는가? 머리가 뒤죽박죽 엉켜버렸다.

“성경에는 모든 진리가 담겼습니다. 성경에는 하느님께서 온 우주를 만든 원리와 방법이 모두 나옵니다. 세상이 어떻게 만들어졌고 돌아가는지 알려면 성경을 읽으면 됩니다. 성경 밖에는 그 어떤 진리도 없으니 진리를 알고 싶으면 성경만 깊이 읽으면 됩니다. 그럼에도 자연철학자라는 이들은 성경에 담긴 진리는 살필 생각은 않고 엉뚱한 짓을 벌입니다.

옛날에는 성경이 라틴어로 쓰여서 라틴어를 모르는 사람들은 읽을 수 없었습니다. 그러나 이제 성경은 우리가 늘 읽고 쓰는 영어로 쓰여 있습니다. 모든 사람이 언제라도 성경에 있는 하느님 말씀을 접할 수가 있습니다. 그러니 무엇이든 궁금한 점이 있으면 성경을 읽으면 됩니다. 쉬운 성경을 놔두고 관측이다 실험이다 계산이다 하면서 엉뚱한 짓을 벌이고, 엉뚱한 주장이나 내세우는 짓을 해서는 안 됩니다."

나는 고개를 갸우뚱했다. 정말 성경에 모든 진리가 담겼을까? 아무리 생각해도 그렇지 않다. 내가 핼리 선생님께 배우는 수학만 해도 성경에는 없다. 어릴 때부터 성경 이야기를 많이 듣고, 성경을 꽤 많이 읽었지만 성경 어디에도 수학은 없었다. 딘젤 신부님도 그걸 모르지는 않을 텐데, 왜 성경에 모든 진리가 담겼다고 하실까? 모를 일이다.

"여호수아서 10장 12절부터 13절에 이런 말씀이 있습니다. 주께서 이스라엘 자손 앞에서 아모리 족속을 넘겨주시던 날에 여호수아가 주께 아뢰고 또 이스라엘의 눈앞에서 이르되, 해야, 너는 기브온 위에 멈추어 서라. 달아, 너도 아얄론 골짜기에서 그리할지어다. 하매 해가 멈추어 서고 달이 멈추어서 마침내 백성이 자기 원수들에게 원수를 갚으리라. 이것이 야셀의 책에 기록되어 있지 아니하냐? 이와 같이 해가 하늘 한가운데 머물러서고 거의 하

24

루 동안 속히 내려가지 아니하였더라.”

그런 말씀이 있었나? 아무튼 그런데 어떻게 해와 달이 그대로 멈출 수가 있지? 해와 달은 핼리 선생님 말씀에 따르면 어떤 경우에도 멈출 수가 없다고 했다. 달은 끊임없이 우리가 사는 지구를 돌고, 지구도 쉬지 않고 해 둘레를 돈다고 한다. 해가 뜨고 지는 듯 보이는 까닭은 지구가 스스로 돌기 때문이라고 했다.

“만약 달이 멈추면 어떻게 되냐고? 글쎄 어떻게 될까? 달이 멀리 달아나 버릴까? 아니면 달이 지구랑 부딪칠까? 멈추면 어떻게 될지 모르지만 아마 지금처럼 돌지는 않을 거야.”

언젠가 핼리 선생님이 한 말이다. 아무리 봐도 핼리 선생님 말은 성경과 다르다. 성경에선 달이 멈추고, 해가 멈췄다고 하지 않는가? 정말 핼리 선생님은 못된 악마에게 꼬임을 당해 성경에 어긋나는 이야기를 나에게 해주었을까? 모르겠다. 아무리 나쁜 쪽으로 보려 해도 착한 핼리 선생님이 악마가 시키는 대로 나쁜 짓을 한다는 생각은 들지 않았다.

“요즘 사람들은 쓸 데 없는 호기심이 지나치게 많습니다. 호기심은 악마가 선한 이를 나쁜 길로 끌고 갈 때 쓰는 미끼입니다. 도둑은 집 지키는 개에게 고기를 주어 살살 꾄 뒤에 도둑질을 합니다. 악마는 호기심을 사람들에게 던져서 꾄 뒤에 나쁜 길로 빠져들게 만듭니다. 호기심을 누르십시오. 마음을 가난하게 하고 성경 말씀을 있는 그대로 믿으십시오. 진리는 성경 안에 있습니다. 호기심은 악마가 여러분을 나쁜 길로 이끄는 달콤한 미끼임을 잊지 마십시오. 미끼를 문 짐승은 덫에 걸려 죽습니다. 여러분도 악마가 친 덫에 걸려 죽고 싶지 않다면 쓸 데 없는 호기심을 접으십시오. 아담과 이브도 호기심 때문에 하느님께서 금지하신 일을 저질렀고, 그 죄 때문에 에덴동산에서 쫓겨났습니다."

신부님 말씀을 듣는데, 어릴 때 혜성을 보려고 호기심에 이끌려 엄마 몰래 나갔던 일이 떠올랐다. 그때 내가 악마 꾐에 넘어갈 뻔하였다고 생각하니 등골이 오싹했다.

신부님은 그 뒤로도 아주 오랜 시간을 들여 자연철학자들을 비난했는데, 들으면 들을수록 머리가 뒤엉키고 어지러웠다. 누구 말을 믿어야 할지 알 수가 없었다. 신부님 말씀이 끝나고 신앙고백을 할 시간이었다. 여느 때 같으면 큰소리로 했을 신앙고백인데도 입이 잘 떨어지지 않았다. 몇 마디 따라하다가 입을 다물고 말았다. 신앙고백을 한 뒤에는 신도들이 성찬의식을 하러 신부님 쪽으로 나갔다. 절을 하고 무릎을 꿇으면 신부님이 전병을 포도주에 찍어 나누어 준다. 신부님이 주시는 전병을 받아먹는데 마음 안에서 죄스러움이 일어났다. 내가 큰 잘못을 저지른 기분이었다. 자리로 돌아와 마무리 기도를 하고 예배당을 빠져 나올 때까지 찜찜한 기분이 사라지지 않았다.

예배당을 나오자 엄마는 신도들과 일일이 인사를 나눴다. 나는 멍하니 서서 그런 엄마를 바라보았다. 그때 아주 상큼한 목소리가 들렸다.

"혹시, 너 프린키 아니니?"

목소리를 좇아 눈을 돌렸다. 눈이 부실 만큼 예쁜 아가씨였다.

"누구…세요?"

아가씨는 나를 아는 듯한데, 나는 처음 보는 아가씨였다.

"넌 나를 모르지만 나는 너를 잘 알아. 너 우리 핼리 외삼촌 집에서 일하잖아."

핼리 선생님을 외삼촌이라고 부른다. 핼리 선생님 여자 형제 쪽딸이다.

"내 이름은 로잘린, 너랑 같은 나이야. 만나서 반가워."

계곡에 흐르는 맑은 물처럼 거침이 없으면서도 생기발랄한 아가씨였다.

"응……나도."

나는 머뭇거리며 말을 꺼냈다.

"넌, 딘젤 신부님 말씀을 어떻게 생각해?"

"뭐……뭘?"

정말 갑작스러운 물음이었기에 어찌할 바를 몰랐다. 뒤엉킨 머리가 더 엉망진창이 되었다.

"신부님은 모든 진리가 성경에 있다고 하시잖아. 진리를 알고 싶으면 성경을 보라고 하시면서 달이 멈추고 해가 멈추는 성경 이야기를 그대로 믿으라고 하셨어. 안 떠오르니?"

안 떠오를 리 있겠는가? 도리어 지나치게 잘 떠올라서 골치가 아프다.

"그렇게 말씀하셨지."

목소리가 기어들어갔다.

"그게 맞다고 생각하니? 성경을 글자 그대로 믿어야 된다고 생각해?"

나는 아무 말도 할 수 없었다. 뭐가 옳고, 뭐가 그른지 도무지 알 수 없었다.

"호기심을 품지 말라고 하시다니 말이 돼? 호기심이 악마가 나쁜 길로 이끌려는 미끼라니, 말도 안 돼. 호기심은 새로운 진리를 찾아내는 열쇠야. 진리는 성경에만 있지 않아. 지구는 넓고 우주는 더 엄청나게 커. 이 엄청난 곳에 수많은 지식과 진리가 있는데 그 옛날 쓰인 성경에 모든 진리가 담겼다니, 정말 어이없는 말이야. 그렇지 않니?"

로잘린 말이 맞는 듯했지만, 그렇다고 하느님을 모시는 신부님이 틀린 말을 했다는 생각은 들지 않았다.

"딘젤 신부님 말씀처럼 성경은 옳아. 거기에 틀린 말은 없어."

나는 자신 없이 대꾸했다.

"우리가 맞다고 믿는 지식이 다 참일까? 거짓은 없을까? 그리고 왜 우리가 의문을 품으면 안 돼? 끊임없이 묻고 답을 찾으면서 사람은 발전해 왔어. 질문은 호기심에서 비롯해. 호기심은 사람

안에서 꿈틀거리지. 호기심이 없다면 사람이 아니야. 그런데 호기심을 악마가 나쁜 길로 이끄는 미끼라고 하다니, 정말 어처구니없는 말이지 않아?"

로잘린은 얼굴이 뻘겋게 달아올랐다. 몹시 부아가 치민 듯했다.

"그래도 신부님 말씀인데……."

"신부님도 사람이야. 사람은 완벽하지 않아."

더는 대꾸 하지 않았다. 로잘린 말도 맞는 듯하고, 신부님 말도 맞는 듯했다. 무엇이 참이고 거짓인지 가늠하기 어려웠다. 머리가 더 아파왔다.

"누구니?"

엄마였다. 엄마는 내 구원자였다.

"안녕하세요, 어머님. 저는 에드워드 핼리 선생님 조카인 로잘린이예요."

로잘린은 엄마에게 깍듯하면서도 해맑게 인사를 했다.

"오늘은 프린키가 쉬는 날로 아는데, 아니니?"

엄마는 로잘린이 나를 핼리 선생님 댁으로 데려가려고 온 줄 아는 모양이었다.

"쉬는 날이 맞기 한데 오늘 아주 중요한 일이 잡혀서 프린키가 꼭 와야 하거든요. 그래서 외삼촌이 저에게 프린키를 꼭 데려오라고 시키셨어요. 프린키가 없으면 안 되는 일이거든요. 쉬는 날이지만 프린키가 꼭 있어야 하니 부탁합니다."

그렇게 말하면서 로잘린은 고개를 꾸벅 숙였다.

엄마 어림이 맞았다. 설마 했는데 로잘린은 나를 데리러 왔다. 엄마는 내가 가야한다는 말을 듣고 조금 얼굴이 딱딱해졌지만, 내가 없으면 안 된다고 하자 얼굴이 활짝 펴졌다. 로잘린이 부탁한다면서 고개를 숙이자 환한 웃음까지 지었다. 아마도 내가 중요한 사람으로 여겨지고, 예의바른 로잘린 태도에 기분이 좋아진 듯했다.

"우리 프린키가 꼭 가야 한다면 가야지. 가긴 가되 프린키는 나랑 어디 들렀다 가야하는데 괜찮을까?"

"물론이죠. 어차피 프린키와 같이 들어가야 하니까 어머님이 가시는 데 제가 따라가도 될까요?"

로잘린은 정말 싹싹했다. 엄마는 두 말없이 로잘린이 같이 가도 좋다고 했고, 로잘린은 엄마 옆에 바짝 붙어서 수다를 떨며 걸어갔다. 나는 두어 발짝 떨어져 따라가면서 도대체 어떤 중요한 일이기에 쉬는 날 핼리 선생님이 나를 불러들이는지 헤아리려고 했지만, 어림조차 할 수 없었다.

* * *

엄마는 윌리엄 마이어 씨 댁으로 갔다. 윌리엄 마이어 씨는 아주 유명한 점성술사다. 미리 약속을 잡았는지 기다리는 사람이 있음에도 엄마는 먼저 들어갔다. 로잘린은 같이 들어가지 못하고 밖에서 기다렸고 나와 엄마만 안으로 들어갔다. 방은 약간 어두웠다. 수염이 덥수룩한 마이어 씨는 환한 웃음으로 우리를 맞이했다. 마이어 씨가 앉은 뒤쪽 벽에 걸린 아주 큰 천에는 많은 동그라미가 그려져 있어 마치 다트 판처럼 보였고, 뜻을 알 수 없는 문양과 그림이 가득했다. 책상 위에 놓인 종이에 그려진 원은 두 개인데, 안쪽 원과 바깥쪽 원은 손가락 두 마디 쯤 반지름이 차이가 났다. 안쪽 원과 바깥쪽 원을 잇는 선이 같은 간격으로 모두 열두 개이고, 그렇게 해서 만들어진 열두 칸에는 낯설게 생긴 문자 12개가 자리 잡았다. 언뜻 보면 시계를 닮았다. 큰 원 바깥에는 1에서 12까지 숫자가 불규칙하게 놓였고 숫자 옆에는 신비한 그림들이 자리했다. 안쪽 원에는 아주 좁은 간격으로 눈금이 새겨있고, 눈금과 눈금을 잇는 선이 원을 가로지르며 복잡하게 얽혔다.

"말씀하신 아드님이군요. 아드님 천궁도는 제가 미리 뽑아 놓았습니다."

마이어 씨는 동그란 원과 직선과 문자가 얽힌 그림을 가리켰다.

책상 위에 놓인 그림을 천궁도라고 하는 모양이다.

"천…궁…도…라구요?"

엄마가 더듬더듬 물었다.

"이 천궁도는 아드님이 태어났을 때 해와 달, 행성과 별이 어땠는지 나타냅니다. 사람은 하늘 기운을 받아 태어나고, 그 기운과 이어져 있어 항상 그 힘을 받습니다. 그러니 아드님이 타고난 운명을 알고, 앞으로 어떻게 될지 알려면 그 기운을 알아야 하지요.”

마이어 씨 이야기가 그럴싸하게 들렸다.

“아드님은 힘이 넘치며 따스한 기운이 가득합니다. 의지도 강하고 자의식도 굉장합니다. 달 기운이 가득하고 아주 부드럽습니다. 달은 어둠을 밝히며 새로움으로 삶을 이끌어줍니다. 타고난 다른 기운과 잘 어울리기에 앞날이 아주 밝습니다.”

맞는지 안 맞는지는 잘 모르겠지만 좋은 말을 들으니 기분은 좋았다.

“또한 학문을 하면 좋고 크게 이룰 재주를 지녔습니다. 사물을 보면 그 밑바탕을 헤아리고, 새로운 지식을 아주 잘 받아들입니다. 균형과 조화를 이루고, 분석력과 판단력이 뛰어나며, 남과 잘 어울립니다.”

저절로 입이 벌어졌다. 엄마도 활짝 웃었다.

“그렇지만 사람들과 경쟁을 하며 사는 힘이 떨어져서 부드러운 사람들을 가까이 해야 좋습니다. 거친 사람들과 만나거나 낯선 사람을 자주 보는 일은 되도록 피해야 합니다.”

엄마가 나를 잠깐 걱정스럽게 보더니, 다시 마이어 씨에게 눈길을 돌렸다.

“결혼은 어떨까요?”

엄마가 물었다.

"모자란 기운을 채워주는 사람이 좋습니다. 부드러운 기운이 좋은 면도 많지만 부드러움이 지나치면 굳세게 삶을 헤쳐나가지 못합니다. 그러니 통통 튀고 맑은 기운이 넘치는 아가씨가 좋습니다."

마이어 씨 이야기를 듣는데 나도 모르게 밖에서 기다리는 로잘린이 떠올랐다. 로잘린은 마이어 씨 말과 딱 맞아 떨어지는 됨됨이를 갖추었기 때문이다.

"건강은 어떨까요?"

"대체로 튼튼하고 크게 아플 일은 없습니다. 다만 밤을 새우며 하는 일은 좋지 않습니다. 달 기운을 타고 났기에 달 기운을 더 많이 받으면 균형이 깨집니다."

엄마가 또다시 나를 걱정스럽게 보았다. 핼리 선생님이 밤마다 하늘을 보는 일을 하고, 나는 그 일을 자주 돕는다. 엄마도 그걸 떠올리고 걱정하는 모양이다.

"프린키, 너도 묻고 싶은 말이 있으면 하렴."

엄마가 나에게 말했다.

"전……, 없어요."

엄마는 나를 흘기더니 다시 몇 가지를 물었다. 마이어 씨 대답은 엇비슷했다. 좋은 점을 하나 말하곤, 나쁜 점을 하나 말했다. 밝은 면만 지닌 채 태어나는 사람은 없을까? 나는 왜 어두운 면이 많을까? 내 앞날은 괜찮은 일들이 많을까? 내가 피해야 할 사람이 누군지 내가 어떻게 알까? 이런저런 생각을 하며 마이어 씨 이야기를 들었다.

마이어 씨와 이야기를 마치고 밖으로 나오니 기다리던 뒤에 사람이 곧바로 들어갔다. 로잘린은 기다리던 몇몇 사람과 이미 친해졌는지 밝게 이야기를 나누고 있었다.

"어머님 나오셨어요. 점은 괜찮았나요?"

로잘린이 해맑게 말했다.

"프린키도 같이 들었으니 프린키에게 물어 보렴."

엄마는 흐뭇하게 웃으며 장난스럽게 말했다.

엄마는 로잘린이 마음에 든 모양이었다. 엄마 속마음을 알아차리자 내 얼굴이 후끈 달아올랐다. 나는 얼른 다른 데를 쳐다보는 척했다.

"어머님, 핼리 외삼촌이 눈이 빠지게 기다리는데 이제 프린키랑 같이 가도 될까요?"

엄마는 아무 말도 덧붙이지 않고 바로 허락했다.

* * *

엄마는 집으로 가고 나와 로잘린은 함께 핼리 선생님 댁으로 걸어갔다. 가는 내내 로잘린은 마이어 씨한테 무슨 이야기를 들었는지 물었다. 나는 굳이 숨기고 싶지는 않았으나 털어놓기가 쑥스러워서 제대로 말해주지 않았다. 거듭 물어보던 로잘린도 내 마음을 눈치 챘는지 더는 묻지 않았다. 그렇지만 궁금함은 참을 수 없는 모양이었다.

"도대체 점성술은 무엇을 근거로 하는 거야? 사람이 태어난 때랑 운명이 무슨 상관이 있어?"

내 운명에 관한 물음이 아니었기에 마이어 씨한테 얼핏 들은 말을 들려주었다.

"마이어 씨 말에 따르면, 사람은 해와 달, 행성과 별과 이어져서 태어난대. 태어날 때 하늘에 있는 행성과 이어졌기 때문에 사는 내내 그 기운을 끊임없이 받는다고 했어."

"기운을 받아?"

로잘린이 갸우뚱했다.

"나는 점성술이 얼토당토 않는 거짓이라고 여겼는데, 하늘에서 기운을 받는다니……, 흠~ 그 말은 핼리 외삼촌 말과 엇비슷한 면도 있네."

"무슨 뜻이야?"

"아니야, 그런 게 있어. 빨리 가자. 외삼촌이 기다리시겠다."

로잘린은 더는 말을 건네지 않고 서둘러 걸었다. 나는 두어 걸음 뒤에서 로잘린을 따라갔다. 로잘린이 워낙 빨리 걸었기 때문에 걸음이 느린 내가 따라가기 벅차서, 종종 뛰어야 했다. 바삐 가던 로잘린이 어느 소란스런 골목 옆에서 갑자기 멈춰 섰다. 나도 덩

달아 멈췄다.

"이 개를 죽여야 해."

"아니, 제 개를 왜 죽여요?"

"이 개 때문에 돌풍이 불었고 그 바람에 나랑 내 친구가 돌에 맞았어. 그러니 이 개를 죽여야 해."

"무슨 말씀이세요. 제 개가 뭘 어쨌다고."

검은 신사 옷을 입은 두 남자가 작은 강아지를 안은 10대 소년을 몰아붙이고 있었다. 강아지를 안은 소년은 겁을 잔뜩 집어먹고 뒷걸음질을 쳤지만 등이 벽에 부딪치면서 더는 물러 설 곳이 없자 어쩔 줄 몰라 했다. 두 신사는 곧 강아지를 빼앗아 죽일 기세였다. 시끄러운 소리를 듣고 점점 많은 사람들이 모여들었다.

"이 개가 갑자기 짖어대자 골목에서 돌풍이 불었어. 그 돌풍에 작은 돌과 먼지가 휘몰아쳤고 나와 내 친구가 이렇게 상처를 입었어. 그러니 그 강아지를 죽여야 해. 그 강아지는 저주를 타고 났어. 그 강아지가 짖으면 앞으로 얼마나 많은 사람이 다칠지 몰라. 그러니 빨리 강아지를 죽이게 이리 내놔."

"저희 강아지는 그냥 짖었을 뿐이에요. 저주 받은 강아지가 아니에요."

소년은 울먹이며 강아지를 꼭 껴안았다.

"거 안 되긴 했지만, 강아지가 저주를 받은 모양이네."

"강아지가 짖자마자 돌풍이 났다니 저주받은 강아지임이 분명해.”

“어허, 고집스럽게 자기 강아지만 지키려 들다니, 잘못을 했으면 죄를 빌어야지, 뭐하는 짓인지, 요즘 애들은 버릇이 없어.”

옆에서 구경하던 어른들이 한마디씩 했다. 소년은 수십 마리 고양이에게 둘러싸인 쥐와 다름없었다. 두 신사는 더는 말로 하지 않았다. 둘레에 있던 사람들까지 신사 편을 들자 힘으로 강아지를 빼앗으려 했다. 소년은 안간힘을 썼고 강아지는 무서운지 깨갱거렸지만 힘 센 두 신사를 이겨내지 못했다. 그때였다.

“다 큰 신사 분들께서 뭐하는 짓이세요?”

로잘린이었다.

“아무리 돌풍에 다쳤기로서니 어떻게 아무 잘못도 없는 강아지에게 죄를 뒤집어씌우세요?”

로잘린이 워낙 거세게 몰아붙였기 때문에 두 신사는 빼앗으려던 강아지에서 손을 떼고 두어 걸음 물러났다. 처음에는 어쩔 줄 몰라 하던 두 신사는 차츰 어이없는 낯빛으로 바뀌었다.

“아가씨는 보지도 않았으면서……, 그냥 물러서 있어요.”

“보든 안 보든 무슨 상관이에요. 강아지가 어떻게 돌풍을 만들어요. 말이 되는 소리를 하세요.”

“강아지가 짖고 나서 돌풍이 생겼는데, 그러면 강아지와 돌풍이 아무런 상관이 없단 말이오, 아가씨? 우린 이렇게 돌풍에 다쳤는데, 그럼 아가씨가 우리 다친 걸 책임질 거요?”

신사가 매섭게 로잘린을 몰아붙였다.

강아지가 짖고 돌풍이 몰아쳤다면 왜 그런지 모르지만 강아지에게 책임이 있다는 생각이 들었다. 어쩌면 강아지는 신사들 말대로 진짜 저주에 걸렸는지도 모른다.

"강아지는 늘 짖어요. 그런데 어쩌다 돌풍이 일어나기 바로 앞에 짖었을 뿐이에요."

"허허, 이 아가씨가 정말 말이 안 통하네."

"신사 분들이야말로 말이 안 통하시네요."

로잘린은 두 손을 옆구리에 척 올리고는 당돌하게 맞받아쳤다.

"신사 분들 말 대로 정말 강아지가 저주에 걸렸다면 강아지가 짖을 때마다 돌풍이 불거나, 나쁜 일이 벌어져야 하겠죠. 정말 그런지 한 번 볼까요?"

"좋아, 어디 한 번 해보시오. 아가씨."

로잘린은 소년 쪽으로 다가갔다.

"잠깐만 강아지 줘 볼래?"

소년은 겁먹은 얼굴로 강아지를 꼭 껴안았다.

"괜찮아. 네 강아지를 지켜줄게."

로잘린 말을 듣고 소년은 스르륵 강아지를 껴안은 손을 풀었다. 로잘린은 강아지를 살포시 바닥에 내려놓았다. 작은 강아지는 땅에 서더니 어리둥절하며 둘레를 두리번거렸다. 모든 사람들 눈이 강아지에게 모였다. 강아지는 짖지 않았다. 그때 로잘린이 부드럽게 강아지를 쓰다듬는 듯하더니 강아지 등을 손으로 꽉 꼬집었다.

깨갱갱갱.... 멍멍! 왈왈!

처음에 깨갱거리던 강아지는 갑자기 둘레를 보며 마구 짖어댔다. 강아지 소리에 놀라 모두들 뒤로 물러섰다. 나도 한 걸음 뒤로 물러섰다. 돌풍이 불지도 모른다는 생각 때문이었다. 그러나 강아지가 아무리 짖어도 돌풍은 일어나지 않았다. 돌풍은커녕 작은 바람도 불지 않았다. 그 어떤 일도 벌어지지 않았다.

"봤죠? 강아지가 아무리 짖어봤자 돌풍은 일지 않아요. 어쩌다 보니 강아지가 짖을 때 돌풍이 일어났을 뿐이에요. 괜히 돌풍에 다치고는 기분 나쁘니까 강아지에게 분풀이를 했나 본데, 신사라면 신사답게 구세요."

로잘린이 몰아붙이자 신사들은 얼굴이 빨개지더니 부리나케 도망을 쳤다.

로잘린은 강아지를 쓰다듬더니 소년에게 넘겨주었다. 소년은 몇 번이나 고개를 숙이며 고맙다고 말하고는 골목 안으로 사라졌다. 사람들은 흩어졌고 우리는 다시 핼리 선생님 댁으로 발걸음을 옮겼다.

"그럼 도대체 돌풍이 왜 생겼지?"

이번엔 내가 궁금해서 물었다.

"왜 돌풍이 생겼는지는 모르지만 돌풍이 강아지 때문에 생기지 않았다는 점은 뚜렷해. 정말 어처구니없는 사람들이야. 더구나 지켜보는 사람들도 어이가 없어. 우연히 같이 일어난 일이랑 원인과 결과로 얽힌 일을 나누어 볼 줄을 모르다니. 어휴, 답답한 사람들."

마치 나에게 하는 말처럼 들려서 몹시 부끄러웠다. 부끄러웠기에 그냥 모른 척하려다가 로잘린이 하는 말을 다 헤아리지 못했기에 용기를 내서 물었다.

"우연이 같이 일어난 일이랑 원인과 결과로 얽힌 일이 다르다니, 무슨 뜻이야?"

로잘린이 그것도 모르냐면서 구박을 할 줄 알았는데 다행히 친절하게 설명해 주었다.

"우연히 같이 일어난 일은 서로 이어져 있지 않아. 그러니까 내가 지금 말을 하는데 하늘에서 구름이 움직인다면, 둘 사이에는 아무런 관련이 없어. 내가 말을 할 때 구름이 생겼다고 해서 내가 말을 하니까 구름이 생겼다는 논리는 옳지 않아. 이건 그냥 우연히 같은 때에 일이 일어났을 뿐이기 때문이야. 그렇지만 구름이 생긴 뒤에 비가 내린다면 구름은 비를 내리게 한 원인이고, 비는 구름이 생긴 결과야. 그러니까 구름과 비는 원인과 결과로 이어져. 단순히 앞뒤에 일이 벌어졌다고 해서 둘 사이에 꼭 원인과 결과가 되지는 않아."

"그러니까 강아지가 짖고 돌풍이 일어난 일은 어쩌다 보니 이어져서 일어났을 뿐, 원인과 결과가 아니란 뜻이구나."

"그래. 어떤 일이 앞뒤로 일어났을 때 우연하게 일어났는지, 원인과 결과로 얽혀서 일어났는지 알려면 실험을 해 보면 돼. 아까 내가 했듯이 강아지를 짖게 했을 때 다시 돌풍이 일어난다면 강아지가 짖는 원인이 돌풍이 분다는 결과로 이어지는 거야. 그렇지만 너도 보았듯이 아무리 강아지가 짖는다고 한들 돌풍이 생기진 않았잖아? 그러니 둘은 원인과 결과 관계가 아니라 어쩌다가 같이 벌어진 일일 뿐이야."

가만히 떠올려 보니 이런 말을 핼리 선생님도 내게 한 적이 있다. 나는 빨간 양말을 신고서 두 번쯤 재수 없는 일을 겪었다. 그러고 나서는 빨간 양말을 신지 않는다. 어느 날 핼리 선생님이 내게 빨간 양말을 선물해 주었는데, 나는 빨간 양말이 재수가 없어서 신지 않는다고 거절했다. 그때 핼리 선생님이 로잘린과 비슷한 이야기를 했다. 빨간 양말을 신어서 나쁜 일이 벌어졌다고 보기 어려우며, 그냥 우연히 빨간 양말을 신었을 때 나쁜 일이 일어났을 뿐이라고 말씀하셨다. 자연철학을 하려면 연관 없이 벌어지는 일이랑 원인과 결과로 이어진 일을 나누어서 볼 줄 알아야 한다고도 하셨다.

그때는 빨간 양말 때문에 겪었던 재수 없는 일이 워낙 내 마음에 크게 자리해서 핼리 선생님 말씀을 잘 받아들이지 못했는데, 로잘린 말을 듣고 나니 그때 핼리 선생님이 하신 말씀을 모두 헤아릴 수 있었다.

로잘린은 씩씩하게 앞장서서 걸었다. 당당하게 내 앞을 걸어가는 로잘린이 멋져 보였다. 아니 예뻐 보였다.

02

뉴턴이 핼리에게 보낸 편지

1687년 7월 3일 점심.

　가장 먼저 온 사람은 코메시 헤즐러 씨였다. 헤즐러 씨는 핼리 선생님 친구다. 헤즐러 씨는 무역을 하는 사람이다. 수많은 배를 거느리고 세계 곳곳을 누비며 무역을 하는 헤즐러 씨는 엄청난 부자다. 헤즐러 씨는 오래된 귀족들보다 더 부자여서 귀족들도 헤즐러 씨와 가깝게 지내려고 애를 쓴다. 옛날에 핼리 선생님이 세인트헬레나 섬에서 별을 관측할 때 배를 타고 지나가던 헤즐러 씨가 섬에 들르면서 두 분이 서로 가까워졌다고 한다. 헤즐러 씨는 종종 핼리 선생님 댁에 오기 때문에 나도 그때마다 만났는데, 부자지만 돈 많은 티를 내지 않는다. 옷도 늘 소박하게 입고, 사치스런 물건도 거의 쓰지 않는다.

이번엔 아주 오랜만에 들렀다. 헤즐러 씨가 오자 나는 차를 내왔다. 두 분은 거실에 앉아 이야기를 나눴다.

　"어째 얼굴이 많이 안 좋아 보이는데, 무슨 일 있나?"

　"좋지 않은 일도 생기고, 사업에도 어려움이 많아서 애를 먹고 있네."

　그러고 보니 헤즐러 씨 얼굴이 지난번에 보았을 때보다 아주 어두웠다.

　"좋지 않은 일은 뭐고, 어려움은 또 뭔가?"

　"무역선 한 척이 인도양에서 사라져 버렸네. 도대체 어디로 갔는지 알 수가 없어. 배야 잃어버리면 그뿐이지만 그 배에 탄 선장과 선원들이 어떻게 됐는지 몰라 큰 걱정이네."

　"자네 배를 모는 선장과 선원들은 아주 뛰어나지 않던가?"

　"그야 그렇지. 그렇지만 뛰어나면 뭐하나. 큰 바다로 나가면 뱃길을 제대로 찾는 기술이 없어서 그저 감각에 기대어 배를 모는 수밖에 없으니 말이야. 그러니 짐을 잔뜩 실은 배를 연안으로만 다니게 했는데, 이번에는 아주 빨리 가야해서 인도양을 가로지르며 간 모양이네. 그러다 길을 잃어버린 듯하네. 어휴, 정말 어떻게 해야 할지 모르겠어. 자네는 별을 많이 관측하지 않나? 바닷길을 제대로 찾는 법을 빨리 연구해 볼 생각은 없나? 이런 일이 생길 때마다 아주 답답해 미치겠네."

　헤즐러 씨는 차를 훌쩍 들이키더니 찻잔을 거칠게 놓았다.

"나도 그러고 싶네만 그게 쉽지가 않네. 그런데 사업이 어렵다는 건 무슨 말인가?"

핼리 선생님이 안타까워하며 물었다.

"자네도 알다시피 내가 금, 은, 철, 동 등을 주로 거래하는데, 거래량이 너무 많아서 힘들다네."

"아니, 거래량이 많으면 좋지 않나?"

"감당이 안 되니 그렇지. 배에 실을 수 있는 양은 뻔한데 옮겨야 할 양은 많고, 배를 키우자니 배가 버티질 못하고, 안전에도 문제가 생겨. 그나마 배로 옮기는 일이야 어떻게든 되지만 광산에서 항구까지 옮기는 일이 만만치가 않네. 마차로 옮기기엔 양이 너무 많고, 가까운 물길을 거쳐 옮기는 일도 쉽지가 않네. 풀어낼 길이 보이지 않아. 누가 이런 문제를 풀어낼 기술을 개발한다면 돈이 아주 많이 들더라도 밀어주고 싶은 마음이 굴뚝이라네."

헤즐러 씨는 길게 한숨을 내쉬었다. 답답함이 나에게도 전해졌다.

"자네는 왕립학회 회원이고 뛰어난 수학자이자 기술자면서 천문학자가 아닌가? 자네가 내 답답함을 풀어주면 안 될까?"

헤즐러 씨 눈빛은 정말 간절했다.

"자네 답답함을 풀어주기엔 내 재주가 한참 모자라지. 그렇지만……."

핼리 선생님은 '그렇지만'에 힘을 주었다.

"자네 답답함을 풀어줄 놀라운 천재가 있다네."

"그게 누군가?"

헤즐러 씨 눈이 번쩍 빛났다.

"아이작 뉴턴이지."

"아! 아이작 뉴턴? 케임브리지 교수라는 그 사람?"

"맞네. 뉴턴 교수는 나와 견줄 수 없을 만큼 뛰어난 천재지. 그가 자네 답답함을 풀어줄 걸세."

"그렇다면 내가 지금 당장 만나러 가야겠네."

헤즐러 씨가 벌떡 일어났다.

"아, 아, 그렇게 서두르지 말게. 자네가 만나러 가지 않아도 곧 뉴턴 교수가 쓴 엄청난 책이 자네를 찾아 올 걸세."

"엄청난 책이라니?"

"자네가 답답해하던 수많은 문제를 풀어줄 열쇠를 지닌 책이지. 그래서 말인데~."

그때 핼리 선생님은 말을 끊더니 내게 눈짓을 했다. 나가라는 뜻이다. 내가 들어서는 안 되는 비밀을 나눌 모양이다. 이럴 땐 재빨리 밖으로 나가야 한다. 눈치 없이 머물러선 안 된다. 나는 밖으로 나가서 앞으로 올 손님을 맞을 준비를 했다.

내가 손님 맞을 준비를 할 때 로잘린은 보이지 않았다. 어디서 무엇을 하는지 궁금했지만 궁금증을 겉으로 드러내지는 않았다.

집 앞으로 마차가 오는 소리가 들렸다. 나는 옷차림을 다시 한 번 살피고 몸가짐을 단정하게 한 뒤에 마중을 나갔다. 그때 헤즐러 씨가 밖으로 나오더니 마차를 타고 급하게 사라졌다. 같이 점심을 하러 왔다고 여겼던 나는 헤즐러 씨가 떠나버린 까닭이 궁금했지만 더는 생각하지 않았다. 윗사람들 이야기를 괜히 알려고 하면 안 된다. 윗사람이 알리기 싫은 비밀을 알려고 하다가 큰코 다치는 일이 많기 때문이다.

헤즐러 씨가 사라진 뒤에 가장 먼저 나타난 사람은 로버트 혹 교수였다. 등이 구부정하고 낯빛이 어두웠으며, 가는 턱과 앙다문 입술이 깐깐한 기운을 풍겼다. 검은빛에 주황빛을 곁들인 듯한 머리카락은 가늘고 물에 젖은 듯했다. 나를 보는 눈초리가 매서워서 눈을 마주보기 무서워 눈빛을 살짝 낮추었다. 나는 깍듯이 절을 한 뒤에 혹 교수를 안으로 안내했다.

곧이어 또 다른 마차가 왔다. 내가 마차 문고리에 손을 댔는데 마차 문이 덜컥 열리며 키 크고 어깨가 떡 벌어진 신사가 갑자기 내렸다. 손을 빨리 뒤로 빼지 않았으면 다칠 뻔 했기에 기분이 살짝 나빴다. 정말 성질 급한 사람이었다. 짜증이 났지만 꾹 참고 절을 했다. 그렇지만 마차에서 내린 사람은 나를 거들떠보지도 않고 안으로 들어가 버렸다. 앤서니 버클리 교수였다. 왕립학회 회원인데 핼리 선생님과 사이가 별로 좋지 않다. 버클리 교수와 핼리 선생님이 심하게 논쟁을 벌이는 모습을 서너 번 보았는데 그때마다 버클리 교수는 버럭 화를 내며 나갔다. 아마도 됨됨이가 아주 불같은 사람이 분명하다. 손도 다칠 뻔 하고, 핼리 선생님과 사이도 안 좋은 버클리 씨를 보니 몹시 언짢았다.

버클리 씨 다음에 온 사람은 안토니오 루이즈 경이었다. 루이즈 경은 귀족인데 항상 실험실에 틀어박혀서 지낸다고 한다. 귀족이면 가만히 놀고먹어도 될 텐데 왜 그렇게 실험실에만 틀어박혀서 지내는지 잘 모르겠다. 나는 딱 두 번 루이즈 경을 봤는데 두 번 다 아이작 뉴턴 교수와 함께 어울렸다. 루이즈 경은 핼리 선생님과는 가깝지 않았지만 뉴턴 교수와는 매우 가까운 듯했다. 세 분이 만나면 따로 따로 이야기를 나눴고, 이야기꺼리도 달랐다. 뉴턴 교수는 핼리 선생님과는 주로 천문학에 대해서 이야기를 나눴지만, 루이즈 경과는 연금술을 주제로 이야기를 나눴다. 뉴턴 교수와 루이즈 경이 가장 열띠게 토론하는 주제는 '현자의 돌'이었다. 현자의 돌은 그냥 금속을 값비싼 금으로 바꾸는 힘이 있으며, 아픈 사람을 치료하고 늙은 사람을 젊게 만들 수도 있다고 한다. 두 사람은 주로 현자의 돌을 어떻게 하면 만들 수 있을지에 대한 토론을 벌였는데 옆에서 귀를 쫑긋하며 들었지만 무슨 말인지 알아듣기는 힘들었다.

넷째 손님은 점성술사인 윌리엄 마이어 씨였다. 아침에 엄마와 함께 점을 보면서 만난 그 점성술사였다. 마이어 씨는 핼리 선생님과 어울릴 만한 사람이 아니었다. 훅 교수는 왕립학회 회원이자 실험주임이며 그래샴 대학 교수로 널리 알려진 자연철학자고, 버클리 교수도 왕립학회 회원이자 그래샴 대학 교수며, 루이즈 경은 귀족으로 연금술을 연구하는 학자다. 그런데 마이어 씨는 점성술사로 자연철학과는 아주 먼 사람이다. 그런 사람을 자연철학자들이 모인 자리에 부르다니 핼리 선생님 속뜻이 무엇인지 모르겠다.

마지막 손님은 데이비드 딘젤 신부님이었다. 신부님은 잔뜩 찌푸린 채 마차에서 내렸다. 내가 인사를 하자 잠깐 얼굴을 펴고 반갑게 맞았지만, 안으로 들어가면서는 곧바로 얼굴을 찌푸렸다. 마이어 씨도 이 모임에 안 어울리지만, 딘젤 신부님이야말로 이 모임과는 전혀 어울리지 않는 분이었다. 딘젤 신부님은 아침 설교에서도 자연철학자들을 악마들이 던진 미끼를 문 사람들로 비난했었다. 그런 분이 최고 자연철학자 집단인 왕립학회 회원이 셋씩이나 있는 곳에 오다니 정말 알다가도 모를 일이었다. 딘젤 신부님이 자연철학자들과 함께 한다는 말은 아주 뜨거운 말싸움이 벌어진다는 뜻이다. 딘젤 신부님이 얼마나 매서운 말을 쏟아낼지 지레 걱정되었다.

핼리 선생님과 다섯 손님들은 큰 탁자 둘레에 앉았다. 나는 차를 끓여서 내놓았다. 차를 올려놓는데 로잘린이 나타났다. 나는 로잘린을 보고 심장이 멎는 줄 알았다. 온갖 장식으로 치장을 하고 화려한 옷을 입었는데 아주 딴사람처럼 보였다. 아침에 본 로잘린은 맑고 당돌했지만, 차려입은 로잘린은 귀족 가문에서 곱게

자란 아가씨처럼 아름답고 품위가 넘쳤다. 말이 수십 마리가 뛸 때 나는 소리가 심장에서 들렸다. 심장 뛰는 소리가 너무 커서 혹시나 다른 사람들에게도 들릴까 봐 부끄러웠다. 로잘린은 공손하게 절을 하고 자리에 앉았다. 핼리 선생님은 로잘린을 소개했고 손님들은 반갑게 로잘린과 인사를 나눴다. 새로운 사람을 만나면 식탁 위에 오르는 뻔한 말들이 오갔다.

"이 아가씨를 우리에게 소개하려고 모임을 잡지는 않았을 테고, 존경하는 핼리 선생께서 우리를 왜 불렀는지 이제 말씀해주실 때가 되지 않았습니까?"

버클리 교수가 약간 빈정거리는 투로 말했다.

"물론 제 조카를 소개하려고 이 모임을 잡지는 않았습니다. 여러분께서 궁금해 하는 일이 마침내 풀렸음을 미리 알려드리려고 이 모임을 마련했습니다."

핼리 선생님은 말을 멈추고 느긋하게 차를 마셨다. 다른 이들은 핼리 선생님 입만 바라봤다.

"혹 교수님, 전에 제가 여쭈었던 질문은 풀어내셨습니까?"

혹 교수는 구부린 몸을 더욱 구부리며 찻물이 다 떨어진 찻잔을 괜히 입에 가져다 댔다가 뗐다.

"안타깝게도 답이 무엇인지는 아는데, 왜 답인지는 알 수가 없었네."

혹 교수가 답하자 핼리 선생님은 고개를 약하게 끄덕였다.

"버클리 교수님, 아직도 데카르트 말이 옳다고 믿으십니까?"

"데카르트가 옳지요. 데카르트가 지닌 이성은 그 누구보다 뛰어나오. 데카르트가 이성으로 밝혀낸 운동법칙은 온 우주가 어떻게 돌아가는지 제대로 보여주기 때문이오. 내가 누누이 밝혔지만 데카르트가 밝힌 진리를 깨뜨리려고 하지 마시오. 아무리 핼리 선생이 뛰어나다 해도 데카르트보다는 못하지 않소."

버클리 교수는 깔보는 말투를 일부러 골라 썼다.

"제가 어찌 감히 데카르트를 넘보겠습니까? 물론 저야 데카르트보다 못하지요. 그렇지만……."

핼리 선생님은 이쯤해서 말투를 살짝 비틀었다.

"그렇지만 데카르트가 인류 가운데 가장 뛰어나다고 보지는 않습니다. 영국에 데카르트를 넘어설 천재가 없겠습니까? 여기 계시는 훅 교수님만 하더라도 자연철학 실험에선 영국을 넘어 유럽에서 으뜸이십니다."

버클리 교수는 핼리 선생님 말에 대꾸하려 하였으나 핼리 선생님은 재빨리 말을 돌려버렸다.

"루이즈 경은 아직도 천체물리학이 아무짝에도 쓸모없다고 믿으십니까?"

"연금술이야말로 모든 학문 가운데 으뜸이지요."

루이즈 경은 턱을 괴고 코를 만지며 빙그레 웃었다.

"마이어 씨, 점성술이 아직도 쓸모가 있다고 여기세요? 하늘은 뜻을 지니고 움직이지 않습니다. 그냥 자연법칙에 따라 운동할 뿐이라는 생각을 못 받아들이시겠습니까?"

"핼리 선생은 제 밥줄을 끊고 싶어서 안달이 나신 분처럼 보이는군요. 핼리 선생이 뭐라고 해도 사람은 하늘과 이어져 있고, 하늘은 그냥 법칙에 따라 움직이지 않습니다. 하늘이 똑같이, 법칙에 따라, 정해진 길로만 움직인다면 운명이 똑같겠지요. 그렇지만 이제까지 사람들 운명은 제각기 달랐습니다. 그렇다는 말은 하늘이 움직이는 길이 늘 다르다는 뜻이죠. 아주 엇비슷해 보일지라도 자세히 보면 다 다릅니다. 법칙이라뇨? 하늘이 움직이는 길이 어떻게 기계와 똑같겠습니까? 말도 안 되는 소립니다."

핼리 선생님은 마이어 씨 말에 반박하지 않고 딘젤 신부님 쪽으로 얼굴을 돌렸다.

"신부님께선 아직도 저와 같은 자연철학자들이 나쁜 짓을 한다고 보십니까?"

"하느님 뜻에 어긋나는 짓은 하지 말기 바랍니다. 제가 드릴 말씀은 그뿐입니다."

"하느님이 만드신 이 우주 질서를 헤아리려고 탐구하는데 왜 그 일이 나쁩니까? 오히려 좋은 일 아닙니까?"

"핼리 선생은 좋은 일이라고 여길지 모르지만, 아니 나쁜 일인지도 모르고 하겠지만, 그 일은 아주 나쁜 세상을 만들어내게 됩니다. 좋은 뜻이라고 다 좋지는 않습니다. 하느님이 타락한 사람들을 어떻게 벌주었는지 잊지 마십시오.”

핼리 선생님이 딘젤 신부님께 반박하려고 할 때 식사가 들어왔다. 식사가 들어오자 음식 맛과 포도주 맛 등을 주제로 하는 가벼운 이야기가 식탁 위를 오갔다. 식사가 끝나고 후식을 먹은 뒤에 다시 차를 내왔다. 이제 곧 내가 할 일은 끝난다. 나는 마지막까지 손님들을 제대로 모시려고 긴장을 풀지 않고 식탁에서 몇 걸음 떨어져 기다렸다.

“혹시 핼리 선생은 거리가 멀어질수록 거리 제곱만큼 끌어당기는 힘이 줄어든다는, 역제곱법칙과 케플러 법칙 사이에 어떤 연관이 있는지 밝혀내셨습니까?”

훅 교수가 물었다.

“제가 어떻게 감히 그걸 풀겠습니까? 저는 그만한 재주가 없습니다. 그런 엄청난 발견은 천재만 할 수 있죠.”

“설마, 아이작 뉴…….”

훅 교수 말에서 당혹스러움이 묻어났다.

“네 맞습니다. 아이작 뉴턴 교수가 그 문제를 풀어냈습니다. 제가 3년쯤 전에 물어봤는데 이미 답을 구했다고 하더군요. 풀이를 보여 달라고 했는데 찾지를 못해서 다시 풀어서 보여 달라고 부탁을 했고, 그때부터 뉴턴 교수는 꾸준히 그 일에 매달렸습니다. 가끔 제가 찾아가서 기하학을 돕기도 하고 계산을 살펴보기도 했는데, 다 살펴보진 못했지만 내용이 엄청났습니다. 단지 제가 물었던 문제뿐 아니라 여러 가지 깜짝 놀랄 지식도 덧붙였더군요. 아이작 뉴턴 교수가 책을 내놓으면 세상은 새로운 길로 접어들게 되리라 믿습니다. 이제까지 우리들이 믿었던 모든 지식이 뒤집어지고, 새로운 세계가 열릴 것입니다. 데카르트가 이룬 업적이 달이라면 아이작 뉴턴이 세울 업적은 해에 견줄만합니다."

그야말로 엄청난 이야기였다. 함께 한 손님들은 잠깐 동안 심하게 놀라서 아무도 말을 꺼내지 못했다. 나조차 핼리 선생님 말에 잠깐이지만 숨이 멎는 듯했다. 놀라운 말에 짓눌려 아무 말도 못하던 손님들 가운데 가장 먼저 입을 연 이는 훅 교수였다.

"뉴턴이 해낼 일이 대략 어림 잡히기는 한데, 아무리 그래도 핼리 선생 말은 지나칩니다. 제 스승인 보일 경만 하더라도 기체 양과 온도가 같으면 압력과 부피는 서로 반비례한다는 법칙을 발견했고, 진공이 있을 수 없다는 오래된 믿음을 깨고 진공이 있음을 밝혀냈고, 오늘날과 같은 왕립학회를 만드는 데 큰 기여를 하셨고, 자연철학 분야인 화학을 새롭게 만들어냈습니다. 보일 경이 혼자 이루신 업적만 해도 이렇게 엄청난데 어떻게 뉴턴 혼자서 보일 경뿐 아니라 수많은 사람들이 세운 업적을 모두 뛰어넘는다는 말입니까? 핼리 경이 뉴턴과 친하기 때문에 그런 말을 하는지 모르겠지만, 말을 함부로 해서는 안 됩니다."

훅 교수는 차분하지만 아주 매섭게 말했다.

"보일 경이 이룩한 업적은 저도 높게 여깁니다. 그러나 뉴턴 교수가 이룰 업적에 견주면 그저 밑거름이었다고 볼 수밖에 없습니다. 이번에 뉴턴 교수가 새롭게 정립한 중력 개념과 역제곱법칙만 하더라도…….”

핼리 선생님이 말을 하는데 훅 교수가 툭 끊고 들어왔다.

“중력은 내가 먼저 말했고, 역제곱법칙도 뉴턴이 찾아낸 게 아니오. 핼리 선생이 말한 내용을 짧게 담은 논문을 뉴턴이 왕립학회에 몇 장 냈는데 내가 잘 살펴보니 옛날에 모두 내가 했던 말들이었소. 어찌 내가 한 말을 그대로 써놓고는 거룩한 발견이니, 인류를 바꿀 발견이니 한단 말이오.”

안개처럼 희멀겋던 훅 교수 얼굴빛이 검붉은 빛으로 바뀌어 갔다.

“누가 먼저 했느냐를 두고 따지고 싶으시겠지만, 뉴턴 교수는 흑사병이 돌던 젊은 시절에 이미 중력과 역제곱법칙을 찾아냈습니다.”

“그건 뉴턴 말이고.”

“알겠습니다. 이 자리에서 훅 교수님과 다투고 싶지는 않습니다.”

핼리 선생님이 뒤로 한 발 물러났다.

“나도 심히 기분이 나쁩니다. 핼리 선생!”

이번엔 버클리 교수가 나섰다.

“데카르트는 관성과 충돌 원리를 찾아냈고, 이를 바탕으로 모든 우주 법칙을 밝혀냈습니다. 우주는 아주 정밀한 기계이며, 신은 이 기계를 지으신 분입니다. 기계가 작동하는 원리를 헤아렸다면 이 우주가 돌아가는 원리 가운데 이해하지 못할 대목이 없습니다. 제가 데카르트만 이야기했지만, 천동설을 부정하고 지동설을 주장한 니콜라우스 코페르니쿠스, 천체를 정밀하게 관측한 티코 브라헤, 행성운동법칙을 발견한 요하네스 케플러, 망원경을 만들어 목성에서 위성을 찾아낸 갈릴레오 갈릴레이, 피가 우리 몸을 도는 혈액순환을 밝혀낸 윌리암 하비, 수학 발전에 큰 공을 세운 피에르 페르마, 수학을 비롯해 수많은 학문에서 큰 업적을 이룬 고트프리트 빌헬름 라이프니츠 등 뉴턴에 맞설 만한, 아니 뉴턴을 크게 앞선 위대한 자연철학자는 얼마든지 있습니다. 물론 그 가운데 가장 큰 자리는 언제나 데카르트 차지겠지요."

버클리 교수는 덩치만큼 큰 목소리로 방안이 쩌렁쩌렁 울리게 말했다.

"물론 다들 큰일을 해냈습니다만 앞으로는 그 모든 사람보다 아이작 뉴턴이 위에 있게 되리라고 봅니다. 이때까지 우리가 지녔던 모든 믿음과 자연철학 체계는 완전히 뒤바뀌게 됩니다."

핼리 선생님은 뜻을 굽히지 않았다. 어쩌면 일부러 부아가 치밀게 하려는 속셈처럼 보이기도 했다.

"그만 멈춰야 합니다. 지나치게 파고들지 말아야 합니다. 하느님이 노여워하십니다. 사람들은 아리스토텔레스가 알려주는 지식쯤에서 멈추고 그만 파고들어야 합니다. 진리는 언제나 성경에 있습니다."

데이비드 딘젤 신부님이 노여움이 가득한 목소리로 말했다. 내가 이 모임에서 다툼을 일으킬까 봐 가장 걱정했던 분이다.

"아리스토텔레스는 그저 옛날 사람일 뿐입니다. 우리는 옛날 사람들이 몰랐던 대륙을 발견했고 새로운 문화를 만났습니다. 성경을 아무리 뒤져도 새로운 대륙 이야기는 없습니다. 성경에는 남반구에서 뜨는 별들, 북반구에서는 보지도 못하는 별들에 관한 글은 없습니다. 우리는 성경이나 옛날 사람 지식만 믿고 살 수는 없습니다. 수없이 많은 이들이 세계 곳곳을 돌아다니며 새로운 땅과 문명과 지식을 얻고 있습니다. 딘젤 신부님, 우리가 왜 옛날 지식에 갇혀서 지내야 합니까? 우리에겐 새롭게 알아갈 힘이 있고, 호기심이 있습니다."

핼리 선생님은 조금도 눈치를 보지 않고 딘젤 신부님 말을 되받아쳤다.

"성경을 믿으면 됩니다. 성경에 다 있으니, 궁금하면 성경을 읽으세요. 하늘을 볼 시간에 성경을 펼치십시오. 성서엔 우주 창조와 발전에 대한 이야기, 역사까지 모조리 다 있습니다. 모두 다 있음에도 어리석은 자들이 성경에 감춰진 진리를 알아보지 못할 뿐입니다. 자연철학이니 뭐니 하면서 못된 헛고생을 벌이는 짓은 그만하세요."

"성경에 있는 말이 다 맞지는 않습니다. 예를 하나 들어보겠습니다. 대홍수 때 노아가 방주를 만들어 짐승들을 태웠다고 합니다. 그런데 옛날에 모르던 새로운 동물들을 세계 곳곳에서 많이 찾아냈습니다. 제가 간 세인트헬레나 섬만 해도 태어나서 처음 보는 동물들이 있었습니다. 도대체 그 동물들은 대홍수 때 어떻게 살아남았습니까? 성서는 자연철학 책이 아닙니다. 저도 하느님을 믿지만 성서를 자연철학 책으로는 신뢰하지는 않습니다."

핼리 선생님 말을 듣는 딘젤 신부님 얼굴이 심하게 일그러졌다.

"뭐, 무슨 그런 악마 같은 말을 내뱉으시오. 성경을 신뢰하지 않는다니, 말이 되오?"

"성경에 담긴 믿음은 신뢰하지만, 성경이 자연철학책은 아니라고 말씀드렸을 뿐입니다. 오해 없으시기 바랍니다."

"성경이 거짓이라니, 어떻게 그런……."

딘젤 신부님이 부들부들 떨며 핼리 선생을 노려봤다. 옆에 있던 루이즈 경과 마이어 씨가 말려서 그나마 자리를 박차고 일어나지는 않았다. 그때 거실 문이 열리면서 누가 편지를 들고 들어왔다. 처음 보는 소년이었다.

소년은 허리를 깊이 숙여 절을 하고는 핼리 선생님께 편지를 전했다. 핼리 선생님은 바로 편지를 뜯어서 읽었다. 편지를 다 읽은 핼리 선생님 얼굴이 밝게 빛났다. 그리고 자리에서 벌떡 일어나더니 큰 소리로 말했다.

"여러분, 기뻐하십시오. 드디어 아이작 뉴턴 교수가 이 세상을 바꿀 위대한 지식을 담은 원고를 다 썼답니다."

핼리 선생님은 기뻐서 어쩔 줄 모르는데 다른 사람들은 그리 기뻐하는 얼굴이 아니었다. 기뻐하기는커녕 모두 똥이라도 밟은 낯빛이었다. 그러거나 말거나 핼리 선생님은 환하게 웃었다.

"프린키, 내일 아침 일찍 케임브리지에 있는 뉴턴 교수 연구실로 가거라. 가서 세상을 바꿀 위대한 원고를 받아 오너라. 왕립학회에 돈이 별로 없어서 내 돈으로 책을 펴내주기로 했으니, 빨리 가져와야 한다. 알았지?"

핼리 선생님 집에서 케임브리지까지는 빠른 마차를 타고도 세 시간은 걸린다. 갔다 오면 여섯 시간이다. 가서 쉬고 오면 모를까 갔다가 바로 돌아오려면 꽤나 멀고 힘들다. 그렇다고 싫지는 않았다.

"네, 잘 알겠습니다."

나는 씩씩하게 대답했다.

"외삼촌, 옛날부터 아이작 뉴턴 교수님을 꼭 뵙고 싶었는데, 저도 프린키랑 같이 가면 안 될까요?"

로잘린 목소리는 언제 들어도 참 맑다.

"네가 원한다면 같이 가도 좋아. 마차를 내줄 테니 함께 가라."

로잘린은 더할 나위 없이 기쁜 얼굴빛이었고, 그에 견줘 나머지 손님들 얼굴은 시간이 갈수록 어두워졌다. 아무도 그 어둠을 어색

한 웃음 따위로 가리려 하지 않았다. 모임은 바로 끝났고, 손님들은 마차를 타고 사라졌다.

03
도둑맞은 프린키피아

1687년 7월 4일 이른 아침.

나와 로잘린은 마차를 세 시간이나 몰아서 런던에서 케임브리지까지 갔다. 길고 먼 길이었지만 길이 좋았기에 달리기는 어렵지 않았다. 케임브리지에 가자마자 케임브리지 대학에 있는 뉴턴 교수 연구실로 갔다. 로잘린은 뉴턴 교수를 정말 만나고 싶어 했으나 아쉽게도 연구실에는 뉴턴 교수가 없었다. 조수에게 뉴턴 교수가 어디 있는지 물었지만 "모른다."고 시큰둥하게 대꾸할 뿐이었다. 먼 길을 달려왔는데 뉴턴 교수를 만나지 못하게 되자 로잘린은 크게 실망했다. 조수는 로잘린이 실망을 하든 말든 상관하지도 않고 단단한 나무 상자를 불쑥 내밀었다.

"뉴턴 교수님께서 전하라고 하신 원고입니다. 하나뿐인 원본 원고니 잘 다루세요."

내가 나무 상자를 받아들었다. 원고가 들어 있다고 해서 가벼울 줄 알았는데 생각보다 무거웠다. 나무 상자 겉에는 『자연철학의 수학적 원리(Philosophiae Naturalis Principia Mathematica)』란 글귀가 쓰여 있었다.

"책 이름에 '프린키피아(Principia)'가 있네. 네 이름은 프린키, 책은 프린키피아! 재미있네. 호호!"

로잘린이 상자 겉면에 쓰인 글귀를 읽더니 깔깔거렸다. 조금 전까지 뉴턴 교수를 만나지 못해서 실망한 사람이라고는 믿기지 않을 만큼 빠른 회복이었다. 참 명랑한 아가씨였다.

"앞으로 이 원고가 책이 되어 나오면 그냥 프린키피아라고 불러야겠다. 부르기도 쉽고, 네 이름도 떠오르니까. 괜찮지?"

그렇게 말하고 로잘린은 다시 깔깔거리며 웃었다. 로잘린이 다시 환하게 웃으니 덩달아 기분이 좋아져서 나도 따라 웃었다.

뉴턴 교수를 만나지 못한 아쉬움을 뒤로 하고 마차에 올라탔다. 학교 안이었기 때문에 마차를 느리게 몰았다. 마차를 몰고 가는데 금발에 콧날이 오뚝한 얼굴을 한 사람이 느릿느릿 산책을 하는 모습이 눈에 띄었다. 핼리 선생님과 함께 여러 번 만났기 때문에 나는 한눈에 뉴턴 교수임을 알아보았다. 그냥 지나칠까 하다가 로잘린을 생각해서 마차를 일부러 뉴턴 교수 쪽으로 몰았다. 처음엔 무슨 일이지 몰라 어리둥절하던 로잘린도 내가 "저 분이 뉴턴 교수님이야!" 하고 말하자 뛸 듯이 기뻐했다. 마차가 멈추지도 않았는데 뛰어내리려는 로잘린을 간신히 붙잡았다. 마차가 뉴턴 교수 옆에 멈추자 로잘린은 훌쩍 뛰어내리더니 거침없이 다가갔다.

"안녕하세요. 뉴턴 교수님이시죠?"

느리게 산책을 하던 뉴턴 교수는 마차에서 웬 아가씨가 뛰어내려 대뜸 말을 걸자 움찔 하며 뒤로 물러섰다.

"전 로잘린이라고 해요. 에드워드 핼리가 제 외삼촌이구요."

"아, 로잘린! 핼리에게서 한 번 말을 들었어요. 호기심 넘치는 아가씨라고."

"절 기억해주시니 영광입니다."

로잘린이 활짝 웃었다.

나도 마차에서 내려 뉴턴 교수에게 인사를 했다.

"프린키구나. 핼리가 원고를 받아 오라고 시켰지? 그래, 원고는 건네받았니?"

"네 교수님. 마차에 있습니다."

나는 마차 뒤쪽에 실린 나무 상자를 가리켰다.

"책 이름을 짓고 보니 네 이름이 떠오르더구나. 이 책이랑 너는 남다른 인연이 있는 듯해."

"안 그래도 로잘린이 그 이름 보고 한참 웃었어요."

뉴턴 교수는 로잘린이 웃었다는 말을 듣고는 껄껄거리며 웃었다. 여러 번 뉴턴 교수를 만났지만 그때처럼 활짝 웃는 모습은 처

음이었다. 뉴턴 교수가 좀처럼 웃지 않는다는 말을 핼리 선생님께
도 몇 번 들었다. 그런 뉴턴 교수가 로잘린을 만나자마자 저렇게
웃다니, 로잘린이 지닌 맑고 환한 기운은 웃을 줄 모르는 뉴턴 교
수마저 웃게 만들었다.

"전 이 책을 그냥 프린키피아로 부르겠어요."

로잘린 입가엔 웃음기가 넘실거렸다.

"프린키피아라, 그래 괜찮은 이름이네."

뉴턴 교수가 웃음을 머금고는 고개를 끄덕였다.

"교수님, 그런데 이 프린키피아 핵심이 뭔가요?"

로잘린이 물었다.

"한마디로 하면 만유인력(萬有引力)이지. 태양이 지구를 비롯해
모든 행성을 끌어당기고, 지구는 달을 끌어당기고, 산은 돌을 끌
어당겨. 질량이 있는 물질이라면 그 크기나 모양에 상관없이 다
끌어당기는 힘이 있어. 끌어당기는 힘이 어떻게 작용하며, 그 힘
이 태양계 곳곳과 지구에서 벌어지는 운동에 어떤 식으로 작용하
는지 그 원리를 밝혀낸 책이 바로 프린키피아야!"

나는 또 한 번 놀랐다. 뉴턴 교수는 친절과는 담을 쌓은 사람이
었다. 나도 몇 번 궁금한 점을 물었는데 내게는 한마디도 해주지
않았다. 나를 대할 땐 늘 딱딱한 말투였고, 저렇게 부드럽고 정답
게 설명해준 경우는 한 번도 없었다. 입맛이 씁쓸했다.

"놀랍네요. 왜 핼리 외삼촌이 인류 역사를 바꿀 책이라고 하는

지 알겠어요.”

“인류 역사를 바꿀 책이라, 그럴 수도 있겠지. 프린키피아는 그 냥 천체 운동만 밝히지 않았어. 앞으로 자연철학을 연구할 때 써 야 할 기본 원리를 밝혔고, 운동과 효율을 극대화하는 근본 규칙 을 담았지. 아마 내 책이 널리 알려지면 세상 사람들은 이제 자연 철학을 전혀 다른 눈으로 보게 될 거야.”

뉴턴 교수 말에서 자부심이 강하게 배어났다.

“교수님이 말씀하신 그런 세상이 하루 빨리 왔으면 좋겠어요.”

두 사람은 신나게 얘기했지만 나는 도무지 받아들여지지 않았 다. 물건과 물건이 서로 끌어당기다니, 얼토당토않은 소리였다. 자석이라면 또 모를까 물건끼리 끌어당기는 힘이라니 그저 마법 처럼 들리기만 했다. 더구나 그런 생각이 세상을 바꾼다니, 말도 안 되는 이야기였다.

“자석도 아닌데 끌어당기다니, 그건 그냥 마법 같은 얘기로만 들리는데요?”

내가 두 사람이 말하는 틈새로 끼어들었다. 옛날 같으면 감히 끼어들 생각도 못했겠지만, 로잘린 덕분에 뉴턴 교수가 부드러워 졌기에 용기를 냈다.

“그래, 프린키! 어쩌면 그렇게 들릴지도 몰라.”

뉴턴 교수는 여느 때와 다르게 내 물음에도 친절하게 대답해주 었다.

"그렇지만 만유인력은 마법이 아니야. 수학으로 모두 설명이 된단다. 우주에서 벌어지는 일부터 지구 위에서 일어나는 일까지 모두 말이지. 그러니 만유인력은 마법이 아니라 자연철학이야. 아! 프린키에게도 질량이 있으니 질량이 있는 로잘린을 끌어당기겠군."

내가 로잘린을 끌어당긴다는 말에 속마음을 들킨 듯하여 뜨끔했다. 그래서 더는 만유인력에 대해 묻지 않았다.

"프린키피아를 빨리 읽고 싶어요. 교수님이 쓰신 『빛과 색에 관한 새로운 이론』을 읽고 정말 깜짝 놀랐거든요. 그 전까지 무지개는 하느님께서 사람들에게 계시를 내리려고 보여주는 기적이라고 여겼는데, 교수님 글을 읽고 무지개가 왜 생기는지 알게 됐거든요. 제 눈이 활짝 열리는 느낌이 들었어요."

로잘린 눈이 초롱초롱 빛났다. 그리고 속사포처럼 쏟아냈다.

"우리는 눈에 보이는 빛에 아무런 색이 없다고 생각하잖아요. 그렇지만 교수님이 만드신 프리즘은 빛에 갖가지 색이 들어 있음을 보여주었어요. 저는 처음엔 프리즘이 빛을 쪼개서 보여주는 신비한 마법도구인 줄 알았어요. 나중에야 프리즘이 신비한 마법도구가 아니라 실험도구임을 알았죠. 그때 제 마음이 얼마나 크게 뒤바뀌었는지 몰라요. 제 생각이 얼마나 엉터리였는지 알게 됐죠. 전 그때부터 마법이나 저주 따위를 안 믿게 됐어요. 우리가 알지 못하지만 모든 건 다 원리가 있고, 아직 모를 뿐 신비한 기적 따위가 아니라고 생각했어요. 그 책을 읽고 저는 보이지 않는 진실, 숨겨진 진리를 찾는 사람이 되고 싶다는 꿈을 꾸게 되었어요. 교수님이 쓰신 논문 한 편을 읽고도 이렇게 크게 생각이 바뀌었는데, 프린키피아를 읽고 나면 또 어떤 새로운 세상이 열리게 될지, 떠올리기만 해도 심장이 두근거려요."

정말 로잘린은 숨도 돌리지 않고 말을 쏟아냈다. 듣는 내가 오히려 숨이 찼다.

"내가 쓴 논문을 읽고 그렇게까지 많은 생각을 했다니 반갑고 고맙군. 프린키피아를 그렇게 기다려주는 마음도 고맙고. 내 프리즘 실험이 로잘린에게 그렇게 큰 영향을 끼쳤다니 나도 아주 기쁘네. 흠, 그렇다면……."

뉴턴 교수는 잠깐 고민을 했다.

"시간이 되면 잠깐 나를 따라오겠나?"

"그럼요."

로잘린은 뉴턴 교수를 따라서 연구실로 신나게 걸어갔다. 나는 마차를 지켜야 해서 그 자리에서 기다렸다. 한참 시간이 흐른 뒤에 로잘린이 헐레벌떡 뛰어 왔다. 로잘린은 숨을 몰아쉬며 삼각기둥처럼 생긴 유리조각을 내게 보여주었다.

"이게 뭔지 알아? 헉헉! 이게 바로 프리즘이야, 프리즘! 뉴턴 교수님이 빛 안에 수많은 색이 있음을 알아낸 바로 그 실험기구인 프리즘이라고. 내가 뉴턴 교수님 연구실에서 프리즘으로 빛을 보는 실험을 했는데, 진짜였어! 내 눈 앞에서 빛이 일곱 가지 색으로 나뉘더니, 아! 그 기분이란, 무지개가, 무지개가 내 눈앞에 펼쳐지는 거야. 나는 무지개는 신이 주시는 아름다운 선물로만 여겼는데, 무지개를 내가 언제든지 만들 수 있다니, 정말 놀랍지 않니? 이 놀라운 프리즘을 내게 주시다니, 어찌나 고마운지."

로잘린은 프리즘을 보물처럼 꼭 쥐었고, 눈물을 글썽이기까지 했다.

프리즘은 내 생각보다 그리 색다르지 않았다. 프리즘은 삼각기둥처럼 생긴 유리조각이었다. 유리세공 장인에게 부탁하면 얼마든지 만들 수 있는 물건이었다. 저런 물건으로 놀라운 실험을 하고, 새로운 진리를 찾아냈다니, 터놓고 말해서 조금 믿기지 않았다. 뉴턴 교수에게는 남들에게는 알리지 않은 어떤 신비한 비밀 도구가 있지 않을까 하는 의심이 들었다.

"로잘린! 우린 지금 아주 중요한 원고를 옮기고 있어."

나는 들뜬 로잘린을 가라앉히려고 일부러 딱딱하게 말했다.

"나도 알아, 프린키피아! 그렇지만 내 안에서 넘치는 기쁨을 말로 하지 않을 수가 없어. 몸 안에 빛이 폭포처럼 쏟아지는 느낌이거든."

"내 이름은 프린키야, 프린키피아가 아니라고."

"히히히, 프린키나 프린키피아나! 그게 그거잖아."

말로 로잘린을 이길 수는 없었다. 나는 입맛을 다시고는 마차에 올라탔다. 로잘린도 마차에 탔다. 케임브리지에서 런던까지 마차를 타고 오는 내내 로잘린은 쉴 새 없이 떠들었다. 잠깐 다녀온 뉴턴 교수님 연구실 얘기를 마치 며칠 동안 머문 듯이 풀어냈다. 로잘린 얘기를 듣다보니 내가 어디를 어떻게 지냈는지조차 모를 정도였다. 세 시간이 차 한 잔 마시는 시간보다 짧게 느껴졌다.

* * *

마차는 런던 시내로 들어섰다. 시내에 들어서면서 마차 속도를 늦췄다. 큰 길을 지나 약간 비좁은 길로 들어섰다. 그 길은 케임브리지에서 런던으로 온 뒤에 핼리 선생님 댁으로 가려면 꼭 지나가야 한다. 큰 길에 견줘서는 좁지만 마차 두 대가 엇갈려 다닐만한 길이었기에 마차를 몰기엔 어렵지 않았다. 약간 비좁은 길을 지나가면 다시 큰 길이 나오고 곧이어 핼리 선생님 댁이 나온다. 그 길을 절반쯤 지나갔을 때였다.

"아아악~!"

검은빛이 우리 마차 앞으로 뛰어들며 괴로운 소리를 내질렀다. 끊임없이 떠들던 로잘린 말이 뚝 멈췄고, 나는 재빨리 말고삐를 잡아당겨 마차를 세웠다. 마차를 조금만 늦게 멈춰 세웠다면 말이 그대로 검은빛을 칠 뻔했다. 다행히 말 앞발이 검은빛 바로 앞에서 멈췄다.

자세히 보니 검은빛은 여자였다. 여자는 말 바로 앞에 쓰러져서 훌쩍거리며 울었다.

'설마, 말에 치이진 않았겠지?'

여자 바로 앞에서 마차를 세웠음에도 혹시 몰라 걱정스러웠다. 나는 여자를 살피려고 얼른 마차에서 내렸다. 옆에 있던 로잘린도 나를 따라 내렸다.

"괜찮으세요?"

내가 다가가며 말을 건넸다.

그때 골목 안쪽에서 휙~ 소리가 나며 우리 쪽으로 그릇이 날아오더니 바닥에 부딪쳐 와장창 소리를 내며 깨졌다. 그릇 파편이 사방으로 튀었다.

"야! 어디 길거리에 퍼질러져서 아픈 척이야! 이쪽으로 안 와!"

여자가 억지로 몸을 일으켰지만 휘청거리더니 제대로 일어나지 못했다. 험상궂게 생긴 남자가 좁은 골목 안에서 걸어 나왔다.

"너희들 뭐야? 너희들 뭔데 내 여자 옆에 있어? 저리 안 비켜!"

남자는 한쪽 입술을 씰룩거리며 눈을 부라렸다.

그때 로잘린이 쓰러진 여자 얼굴을 살피더니 남자를 째려보았다.

"이봐요! 당신이 이 여자 얼굴을 이렇게 만들었어요? 얼굴에 잔뜩 피멍이 들었잖아요."

"뭐야, 아가씨! 아가씨는 그냥 가! 남 일에 끼어들지 말고. 내가 내 여자 패는데, 아가씨가 무슨 상관이야. 내꺼 내가 내 맘대로 하겠다는데, 어디서 끼어들어!"

남자는 로잘린도 한 대 팰 듯이 무섭게 다가들었다.

그럼에도 로잘린은 전혀 기가 죽지 않았다.

"내거라뇨? 여자가 물건이에요?"

"아 진짜, 이 조그만 아가씨가, 확!"

남자는 주먹을 위로 치켜들었다.

"어디서 주먹을 들어요? 이분이 누군 줄 알고?"

나는 떨리고 무서웠지만 나설 수밖에 없었다. 로잘린을 지켜주고 싶었다.

"누구긴 누구야, 버릇이라곤 쥐 똥구멍보다 없는 맹랑한 아가씨지. 내가 그냥 곱게 보내줄 때 꺼져."

남자가 나를 슬쩍 밀쳤는데 팔뚝에서 엄청난 힘이 느껴졌다. 주먹다짐을 했다간 뼈도 못 추릴 힘이었다.

"넌 빨리 일어나. 길거리가 네 안방이야?"

남자는 여자 팔뚝을 움켜쥐더니 일으켜 세우고는, 거칠게 끌고서 골목 안으로 걸어갔다. 로잘린은 골목 쪽을 보며 씩씩거렸다.

"어유, 저런 놈은 그냥!"

"로잘린, 로잘린! 그만하자! 우린 지금 아주 중요한 원고를 옮기고 있어. 그러니 부아가 치밀더라도 참아!"

힘이 장난이 아니더라는 말도 하고 싶었지만 꾹 참았다. 남자답지 못하다는 생각도 들고, 로잘린에게 내 나약함을 보여주고 싶지

71

도 않았다. 로잘린은 깊은 숨을 몇 번 들이쉬더니 노여움을 가라앉혔고, 뒤이어 마차에 올라탔다. 나도 마차에 타서 고삐를 움켜쥐었다. 그때였다.

"이런! 나무 상자가 사라졌어!"

로잘린이 놀라며 말했다.

처음엔 장난인 줄 알았다. 마차 뒤를 봤다. 정말 없었다.

"어! 어디 갔지?"

마차에서 내렸다. 마차 뒤를 살폈다. 바닥도 살폈다. 마차 둘레를 샅샅이 뒤졌다. 없었다. 나무 상자는 어디에도 없었다. 그제서야 나는 무슨 일이 일어났는지 알아차렸다. 그리고 내가 얼마나 큰 잘못을 저질렀는지도 알아차렸다. 몸이 덜덜 떨렸다. 인류 역사를 바꿀 위대한 책이라는 핼리 선생님 말이 떠오르고, 뉴턴 교수 조수가 하나뿐인 원본 원고라고 했던 말도 떠올랐다.

'난, 이제, 죽었다!'

보석이나 귀중품이라면 잃어버려도 괜찮다. 돈도 잃어버려도 괜찮다. 다시 되돌릴 수 있기 때문이다. 그러나 이 원고는 다르다. 하나뿐인 원고다. 뉴턴 교수가 몇 년씩이나 애를 써서 쓴 원고다. 인류 역사를 바꿀 원고는 잃어버리고 나면 되돌릴 길이 없다. 몸에서 모든 기운이 빠져나가며 깊고 어두운 절벽 아래로 떨어지는 기분이었다.

"프린키! 프린키!"

로잘린이 나를 불렀지만 몸을 옴짝달싹 할 수 없었다.

픽~!

로잘린이 내 등을 세차게 후려쳤다. 몸에 남은 힘을 쥐어짜서 겨우 눈동자만 로잘린 쪽으로 돌렸다.

"정신 차려!"

로잘린이 다시 한 번 내 등을 세차게 쳤다. 그때서야 계곡으로 떨어지던 정신을 제자리로 끌어올렸다.

"어떡하지, 로잘린! 그 원고는, 그 원고는~."

턱이 덜덜 떨렸다.

"찾아야지 어떡하겠어."

"어떻게 찾아? 어떻게? 누가 훔쳐갔는지 어떻게 알아? 이 넓은 런던에서, 수많은 사람이 사는 런던에서 누가 훔쳐갔는지 어떻게 아냐고?"

"일단 마차에 타!"

로잘린이 내 등을 밀었다.

나는 마지못해 마차에 올랐다. 로잘린은 내 옆에 앉더니 말했다.

"우리 마차 앞을 가로막으며 쓰러졌던 여자와 못되게 굴었던 남자, 우리를 한눈팔게 만들려고 그런 짓을 벌였어."

나는 마차 앞에 쓰러진 여자와 그릇을 던지며 나타난 남자를 떠올렸다.

"그 남자와 여자는 우리 앞에서 일부러 그런 짓을 벌이고, 우리가 마차에서 내리게 한 거야. 그리고 우리가 다툼에 휘말린 사이에 다른 한패가 나무 상자를 훔쳐 간 거야."

로잘린 말이 그럴 듯하게 들렸다.

"아주 꼼꼼하게 계획을 세워서 한 범행이야. 일을 이렇게 벌였다면, 우리가 언제 쯤 이곳을 지나갈 줄 알고 있었을 거야. 우리가 무엇을 싣고 가는지도 알았을 테고."

처음엔 로잘린이 한 말이 무슨 뜻인지 알아차리지 못했다. 로잘린이 한 말은 우리가 지나갈 곳, 지나갈 시간, 우리가 옮기는 물건이 무엇인지 범인들이 안다는 뜻이다. 그리고 그걸 아는 사람은 핼리 선생님, 뉴턴 교수, 뉴턴 교수 조수, 그리고 어제 모임에 온 다섯 사람이다.

"설마, 네 말은?"

"설마가 아니야. 그 다섯 사람 가운데 한 명이야. 그렇지 않고는 이 일을 설명할 수 없어."

로잘린은 딱 부러지게 말했다.

"그렇지만, 그분들이 왜? 다들 높으신 분들인데……."

"그럴 만한 동기가 모두 있으니까."

얼핏 헤아려봤지만 다섯 분에게 이런 짓을 벌일 동기는 없어보였다.

"어제 점심 때 너도 핼리 외삼촌과 다섯 사람이 나누는 이야기를 들었잖아. 훅 교수는 뉴턴 교수를 아주 싫어해. 버클리 교수는 데카르트를 으뜸으로 여기는 사람으로 핼리 외삼촌이나 뉴턴 교수와 논쟁을 많이 벌였고, 어제도 핼리 외삼촌과 세게 부딪쳤어. 마이어 씨는 점성술사로 뉴턴 교수가 천체 원리를 밝혀내면 밥줄이 끊길지도 모른다는 걱정을 했어. 세 사람은 뉴턴 교수가 프린키피아를 펴내길 바라지 않아. 어떻게든 막으려고 할 거야."

듣고 보니 그럴 듯했다.

"딘젤 신부님이 자연철학과 자연철학자를 얼마나 싫어하는지는 너도 잘 알지?"

나도 그 점은 잘 안다. 그렇지만 하느님을 모시는 신부님이 이런 나쁜 짓을 벌였다고는 믿고 싶지 않았다.

"신부님이 이런 못된 짓을 저지를 리가 없어."

"나도 그렇게 믿고 싶어. 그렇지만 가능성이 없지는 않아."

물론 가능성이 없지는 않다.

"루이즈 경은 아닐 거야."

내가 말했다.

"왜 그렇게 생각해?"

"안토니오 루이즈 경은 연금술을 연구해. 뉴턴 교수도 연금술을 연구하고, 두 분은 아주 가까워. 그리고 이번에 뉴턴 교수가 쓴 원고는 핼리 선생님 질문에 답을 구하려고 썼어. 연금술이 아니라고. 그러니 루이즈 경은 아닐 거야.”

“나도 네 말이 그럴 듯하게 들려. 그렇지만 가능성은 있어.”

로잘린은 확신에 차서 말했다.

“루이즈 경은 연금술을 오래도록 연구했어. 내가 듣기로 뉴턴 교수님도 연금술을 오래도록 연구했고. 루이즈 경이 보기에 뉴턴 교수님이 몇 년씩이나 정성을 들여서 쓴 원고라면 거기에 연금술 이야기가 빠졌을 리 없다고 생각했을 거야.”

갑자기 옛날에 루이즈 경과 뉴턴 교수가 다퉜던 일이 떠올랐다.

웬만하면 연금술 이야기에 끼어들지 않던 핼리 선생님이 두 사람에게 현자의 돌을 만드는 방법을 찾아내면 어떻게 하겠냐고 물었다. 그때 뉴턴 교수는 현자의 돌을 만드는 방법을 알아내면 모든 사람에게 알리겠다고 했고, 루이즈 교수는 알리면 안 되다고 하며 이렇게 말했다.

“현자의 돌은 지혜로운 이가 써야 합니다. 예수님께서는 돼지 목에 진주목걸이를 걸지 말라고 했습니다. 됨됨이가 그릇된 자들에게 현자의 돌을 어떻게 만드는지 알려주었다가는 무슨 일이 벌어질지 모릅니다. 만약에 저보다 먼저 현자의 돌을 만드는 길을 찾아내면 어떤 경우라도 절대 밖으로 알려서는 안 됩니다. 지혜로운 이들끼리만 알아야 합니다. 아시겠습니까?”

그때 루이즈 경 얼굴을 잊을 수가 없다. 그냥 논쟁을 하는 얼굴이 아니었다. 마치 협박을 하는 사람처럼 보였다. 그때 일을 로잘린에게 말해주었다.

"거 봐! 그러니 루이즈 경도 이 짓을 벌일 만한 사람이야."

다섯 분 모두 내가 함부로 넘볼 수 없는데다 다섯씩이나 되니 어떻게 해야 할지 갑갑했다.

"다섯 사람 가운데 누가 여기서 가장 가까운 곳에 살지?"

로잘린이 물었다.

나는 다섯 사람이 어디 사는지 모두 안다. 나는 재빨리 다섯 사람이 사는 곳을 떠올리고 거리를 어림했다.

"점성술사인 마이어 씨 댁이 여기서 가장 가까워. 그 다음이 버클리 교수님과 훅 교수님인데 엇비슷한 거리야. 루이즈 경 저택과 딘젤 신부님이 계시는 교회가 가장 멀어."

"좋아! 그럼 먼저 마이어 씨 집으로 가자."

나는 말고삐를 움켜쥐고, 마차를 마이어 씨 집으로 몰았다. 마차를 모는데 손이 자꾸 떨렸다. 다섯 분 가운데 범인이 없기를 바라는 마음이 한편에선 일었지만, 그 가운데 범인이 꼭 있기를 바라는 마음도 강했다. 만약 이 다섯 분 가운데 범인이 없다면 프린키피아 원고를 찾을 길이 없기 때문이다. 그럼 정말 막막해진다. 프린키피아 원고를 찾지 못하면, 그 뒤엔……, 떠올리기만 해도 끔찍했다.

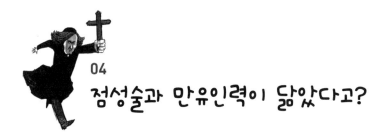

04
점성술과 만유인력이 닮았다고?

1687년 7월 4일 오후 1시 30분.

먼저 점을 보던 손님이 나오고 기다리던 손님이 들어가려 했지만 우리는 손님을 막고 마이어 씨가 있는 방으로 들어갔다. 밖에서 손님을 맞이하는 소년이 우릴 막았지만 로잘린은 거침없이 안으로 밀고 들어갔다. 나는 예의가 아닌 줄 알면서도 어쩔 수 없이 로잘린 뒤를 따라 들어갔다. 마이어 씨 방은 책상에 놓인 천궁도를 빼고는 달라진 게 없었다. 책상에 놓인 천궁도는 어제 아침에 내가 봤던 천궁도와 일부는 닮았고 일부는 달랐다. 동그라미 두 개와 뜻 모를 글자와 그림은 내 천궁도와 똑같았지만, 안쪽 동그라미를 채운 선들은 내 천궁도와는 아주 달랐다.

"두 사람이 여긴 웬일이지? 프린키는 어제 아침에 점을 봤고,

우리 로잘린 아가씨가 점을 보러 왔나?"

나는 어떻게 말할까 망설이며 머뭇거리는데 로잘린은 아무렇지 않게 대꾸했다.

"점을 보러 오진 않았지만, 공짜로 점을 봐주신다면야 고맙죠."

"아하하, 공짜라니, 점이 어떻게 공짜가 있겠나. 그렇지만 예쁜 아가씨가 그리 말하니 가볍게 봐주도록 하지. 아가씨 나이랑 태어난 날짜와 시간을 말해주겠나?"

로잘린은 태어난 날짜와 시간을 말했다.

"나이는 프린키와 같아요."

"그렇군. 잠깐 기다리게."

마이어 씨는 천궁도를 보면서 손으로 몇 곳을 짚었다.

"호, 아주 기운이 넘치는 아가씨네. 타고난 기운이 아주 강해."

"그건 점을 보지 않아도 제가 알아요."

로잘린은 당돌하게 말했다. 조금 버릇없어 보이기까지 했다.

"호기심도 아주 많고, 사람들과 쉽게 가까워지는 재주가 있군."

"그쯤은 점을 보지 않더라도 저를 몇 분만 보면 어떤 사람이든 다 알아요."

로잘린은 마이어 씨에게 대들 듯이 말했다. 처음엔 로잘린이 왜 저러나 싶었다. 아무리 범인을 찾으려고 오긴 했지만, 마이어 씨는 어른이고 런던에서 꽤나 알려진 점성술사인데 저렇게 버릇없이 굴어도 되나 걱정스러웠다. 그렇지만 조금 지켜보고는 로잘린이 일부러 마이어 씨를 건드리고 있음을 알아차렸다.

"남자가 속을 많이 썩겠어."

"저희 엄마도 저한테 기운 좀 누그러뜨리라고 늘 말해요. 여자가 기운이 세면 남자가 싫어한다고 하셨죠. 하지만 전 그렇게 생각 안 해요. 남자도 남자 나름이지요. 여자가 남자 장식품이란 생각은 낡았어요. 엘리자베스 여왕님만 보더라도 영국을 훌륭하게 다스렸잖아요."

그 뒤로 마이어 씨가 천궁도를 보며 이런저런 말을 했지만 그때마다 로잘린은 그대로 받아들이지 않고 되받아쳤다. 마이어 씨 얼굴에 곤혹스런 빛이 떠올랐다.

"점성술에 엄청난 비밀이라도 있고, 내가 알지 못하는 내 운명을 밝혀낼 줄 알았는데 별거 없네요."

나중엔 아예 대놓고 깔아뭉갰다.

"점성술을 함부로 깎아내리지 말게."

마이어 씨 말투에서 노여움을 가라앉히려고 안간힘을 쓰는 기색이 뚜렷했다.

"점성술이 맞다는 근거라도 있나요?"

로잘린이 방 곳곳을 훑어보며 말했다. 나는 그때서야 로잘린이 뜻하는 바를 알아차렸다. 나는 마이어 씨 방 곳곳을 마이어 씨 모르게 꼼꼼하게 살폈다.

"아무래도 아가씨는 자연철학을 좋아하는 듯하니 자연철학으로 이야기를 해주겠네. 케플러를 아나?"

"요하네스 케플러, 잘 알죠. 아주 뛰어난 자연철학자죠. 티코 브라헤가 정밀하게 관측한 자료를 바탕으로 행성들이 어떻게 운동하는지 원리를 밝혀냈잖아요."

"케플러를 잘 아니 말이 통하겠군. 아가씨는 케플러가 천체 운동법칙들만 밝힌 줄 알고 있지만, 케플러는 점성술도 깊이 연구했어. 케플러가 이렇게 말했지. '태양이 우주를 비추려면 빛을 그 안에 품어야 하며, 태양이 우주를 따뜻하게 하려면 그 열을 안에 품어야 하며, 해가 뭇 목숨을 길러내려면 그 안에 목숨을 지녀야 하며, 태양을 가운데 두고 모든 행성이 움직이게 하려면 그 안에 운동을 이끌어내는 영혼을 지녀야 한다'고 말이야."

"케플러가 그런 말을 했어요?"

"내가 거짓말을 할 사람으로 보이나? 케플러는 점성술을 미신이라고 깔보는 사람들에게 점성술을 함부로 대하면 안 된다고 말했어. 어린아이를 씻기고 물을 버릴 때 어린아이를 물과 같이 버리면 안 되듯이, 점성술에도 버려야 할 대목과 버리지 말아야 할 대목이 있다고 했지. 물은 버리고 어린아이는 보듬어야 하듯이, 점성술도 미신인 대목은 버리고 자연철학으로 뒷받침되는 별점은 버리지 말아야 한다는 뜻이지. 해와 달과 행성과 별은 끊임없이 지구에 힘을 끼친다네. 그 힘이 어떤지 사람이 모두 헤아릴 수는 없지만 아주 신비롭고 놀라워. 하늘에 있는 천체들은 끊임없이 지구에 사는 사람에게 영향을 끼치지. 사람뿐 아니라 뭇 목숨들에 모두 영향을 끼친다네. 그러니 점성술이 자연철학이 아니면 무엇이 자연철학이겠는가?"

마이어 씨 목소리에 힘이 잔뜩 들어갔다.

"천체들이 어떻게 영향을 끼쳐요?"

로잘린이 물었다.

"햇살을 받고, 달빛을 받고, 늘 별빛을 보면서도 그런 말이 나오나?"

마이어 씨는 뭐 그런 질문 같지도 않은 질문을 하느냐는 얼굴을 하며 대꾸했다.

"해와 달은 빛이 많지만, 다른 별들은 그에 견주면 빛도 아니죠. 그렇다면 사람이 별빛에는 별로 영향을 안 받는다고 해야 맞지 않나요? 별빛이랑 등불을 견주면 등불이 훨씬 강하니까, 사람이 등불에게 받는 영향이 별보다 강하다고 해야 맞지 않나요?"

로잘린은 마이어 씨 태도엔 아랑곳 않고 논쟁을 이어갔다.

"별은 오래도록 변하지 않고 꾸준해. 밤하늘에 떠 있어. 하늘에서 일어난 빛과 땅에서 사람이 만든 빛을 견주다니 어처구니가 없군. 별은 지구에 힘을 끼친다네. 그렇지 않다면 점성술은 완전 거짓이 되겠지."

마이어 씨는 아주 진지하게 말을 이었다.

"천체가 머무는 위와 사람이 머무는 아래는 따로 떨어져 있지 않아. 우리 눈에는 둘이 다른 세상처럼 보이지만 둘은 우주로서 하나이지. 저 하늘에서 움직이는 해와 달과 별과 행성들은 우리가 사는 시간과 이어지고, 사람은 시간 속에서 태어나니, 두 시간은 서로 이어지지. 시간이 이어짐을 잘 살피면 그 사람 됨됨이와 운명까지 내다 볼 수 있어. 옛날 피타고로스와 플라톤, 프톨레마이오스와 같은 거룩한 현인들은 점성술에서 쓰는 원리가 별과 숫자와 음악과 빛에 깃든 원리와 다르지 않으며, 우주 만물은 모두 이어져서 사람에게 영향을 끼친다는 진리를 밝혀냈지."

로잘린은 장난스런 얼굴을 지우고 진지하게 마이어 씨 이야기를 들었다.

"태양이 우주를 가로지르며 움직이는 길인 황도에는 열두 가지 별자리가 있고, 열두 별자리에는 각 별자리에 어울리는 됨됨이가 있지. 이 세상은 불, 흙, 공기, 물로 이루어졌는데 이 네 가지 원소가 별자리와 얽히면 변화가 일어나. 또한 우리 태양계에 있는 수성, 금성, 화성, 목성, 토성은 지구와 가까이 있기에 아주 남다른 힘을 지구에 끼쳐. 물론 달이 끼치는 영향은 태양계 행성들보다 훨씬 크지. 이제는 돌아가신 윌리엄 릴리 선생은 점성술을 바탕으로 런던에 큰 병이 돌고, 큰 불이 일어나리란 예언을 했는데 아가씨도 알다시피 진짜로 벌어졌네. 이쯤 되면 점성술을 보는 아가씨 눈을 바꿔야 할 근거는 넉넉하지?"

로잘린은 턱을 괴고 고개를 끄덕였다.

"재미있는 얘기네요. 터놓고 말하면 뉴턴 교수님이 들려주신 만유인력과 조금 닮아서 깜짝 놀라기도 했어요. 물론 똑같지는 않지만."

"아이작 뉴턴? 흠, 그 사람이 무슨 책을 내는지 모르겠지만 아마 점성술에 큰 위협이 되지는 않을 거야. 내가 어제 점심 때 핼리 선생한테 뉴턴 교수 이야기를 들었을 때는 내 밥줄이 끊어지지 않을까 걱정했지만, 가만히 헤아려 보니 걱정할 까닭이 없겠더군. 행성운동법칙을 발견한 케플러도 점성술을 믿었어. 케플러가 밝힌 원리는 점성술에 방해가 되기는커녕 아주 큰 도움이 되었지. 아마 뉴턴 교수가 발견한 원리도 케플러가 발견한 원리와 다를 바 없을 걸세."

마이어는 자신만만하게 말했다.

"그렇겠네요. 고마워요. 그리고 예의 없게 군 점 사과드려요."

"아가씨가 그렇게 말해주니 나도 꼬인 마음이 풀리는군. 잘 가게. 나는 다른 손님을 봐야 하니 나가진 않겠네."

로잘린은 자리에서 일어났다. 나도 로잘린을 따라서 밖으로 나왔다.

"방을 구석구석 다 살폈는데, 구석에 아주 비밀스런 문을 하나 찾아냈어. 만약 마이어 씨가 훔쳤다면 그 문 안쪽에 있는 방에 프린키피아를 두었을지도 몰라."

나는 내가 제대로 방을 살폈다는 점을 자랑하고 싶었다.

"아니야. 마이어 씨는 범인이 아니야."

"왜? 아까는 마이어 씨도 범인일 가능성이 있다고 했잖아."

"나도 처음엔 그렇게 생각했는데, 이야기를 나눠 보니 아니야. 마이어 씨는 프린키피아가 책으로 나온다고 해서 손해를 본다는 생각을 안 해. 그렇기에 프린키피아를 훔칠 까닭이 없어. 케플러 이야기를 하는 걸 봐서는 프린키피아가 나오면 아마 프린키피아를 자기 점성술에 써먹을 사람이야. 저런 사람이 위험을 무릅쓰고 프린키피아를 훔쳤을 리가 없어."

듣고 보니 맞는 말이었다.

"그럼 이제 어디로 가지?"

"다음으로 가까운 곳이 있는 분이 버클리 교수님이라고 했잖아. 버클리 교수님께 가자."

나는 마차를 빠르게 몰았다.

"그나저나 참 묘하네."

로잘린은 골똘히 생각에 잠기다가 중얼거렸다.

"묘하다니, 뭐가?"

"마이어 씨 이야기 말이야. 어쩌면 그렇게 뉴턴 교수님이 말한 만유인력 법칙과 엇비슷한 느낌이 드는지 모르겠어. 뉴턴 교수님께 만유인력 이야기를 들었을 때는 그냥 놀랍고 새로운 자연철학이라고만 여겼는데, 마이어 씨 이야기를 듣다 보니 만유인력이 마치 점성술에서 쓰는 말과 똑같은 느낌이 들었거든."

"닮을 수도 있지 않아? 점성술은 별로 점을 보는 거니까."

"그렇다 해도 지나치게 엇비슷해서 놀랐어."

"너와 나도 아주 다르지만 잘 찾아보면 닮은 점이 있잖아. 그거랑 비슷하다고 봐."

나와 로잘린이 닮았다니, 떠올리기만 해도 웃음이 나왔다.

"남은 심각한데 너는 뭐가 좋아서 그렇게 웃니?"

로잘린이 내 옆구리를 찔렀다.

"아, 아니야! 그냥……."

나는 말끝을 얼버무렸다.

"정신 딴 데 팔지 말고 버클리 교수가 있는 곳으로 빨리 마차나 몰아. 한시가 급해."

그때서야 나는 내가 어떤 처지인지 다시 떠올랐다.

나는 프린키피아를 잃어버렸다. 누가 가져갔는지 아직 작은 실마리도 찾아내지 못했다. 이대로 프린키피아를 찾지 못한다면 핼리 선생님은 나를 죽이려고 할지도 모른다. 앗, 그러고 보니 마이어 씨에게 프린키피아가 어디 있는지 점을 쳐달라고 할 걸 그랬다. 아니면 내가 이 문제를 잘 풀어낼 수 있을지 알아봐 달라고 할 걸 그랬다. 아침에 엄마가 물어볼 게 없냐고 했을 때 이것저것 다 물어볼 걸 그랬다. 이래저래 후회가 밀려왔지만 되돌릴 수는 없었다. 마차는 빠르게 버클리 교수가 있는 곳을 향해 달렸다.

05

데카르트와 뉴턴, 한판 붙다

1687년 7월 4일 오후 2시 30분.

버클리 교수는 우리를 친절하게 안내했다. 문을 열고 들어가자 책이 엄청나게 많이 꽂힌 방이 나타났다. 벽 세 곳이 바닥부터 천장까지 책으로 가득했다. 이렇게 많은 책은 핼리 선생님 집뿐 아니라 그 어디에서도 본 적이 없다.

"책이 정말 많네요."

로잘린이 책을 쭉 둘러보며 말했다.

"인쇄술이 준 선물이지. 그 이전에는 사람 손으로 글을 직접 써서 책을 펴냈기 때문에 책이 별로 없어서, 돈이 많아도 책을 쉽게 구할 수가 없었어. 230여 년 전에 구텐베르크가 인쇄술을 발명하여 책을 기계로 찍어낸 뒤부터 책이 엄청 많아지고, 멀리 대륙에서 펴낸 책도 한 달이 안 돼서 손에 넣을 수 있게 되었지. 그야말로 축복이야."

버클리 교수는 흐뭇한 얼굴로 책을 둘러봤다. 그러더니 책장에서 책 한 권을 꺼냈다.

"이 책이 구텐베르크가 처음으로 펴낸 성경이야. 그 어디서도 구하기 어려운 귀한 책이자, 아름다운 작품이지. 나는 신이 인류에게 준 가장 거룩한 선물이 인쇄술이라고 믿어. 인쇄술이 있었기에 우린 어둠에서 벗어나 지식을 마음껏 맛보게 되었으며, 거룩한 현인들이 이룩한 사상을 날마다 읽는 축복을 누린다네. 세계 곳곳을 돌아다니며 만들어낸 지도, 바다를 가로지르며 체득한 항해술, 망원경과 총포와 같은 무기제작술, 하늘을 보며 찾아낸 천문지도와 천체운행규칙까지 모두 인쇄술 덕분에 엄청나게 발전했어. 옛날 같으면 한 나라에서 찾아낸 지식과 기술이 다른 나라로 퍼지는 데 몇 십 년, 때로는 몇 백 년이 걸렸지만 이제는 길어야 몇 달도 안 되는 때에 모든 지식을 함께 나누니, 지식과 기술이 엄청나게 발전할 수밖에 없지. 이 얼마나 놀라운 선물인가! 그렇지 않나?"

"맞아요. 저도 핼리 외삼촌이 보내 준 책을 보며 방에 앉아서도 세상 곳곳에서 발견되는 지식과 기술과 지혜를 접했어요. 인쇄술 덕택에 책을 마음껏 보면서도 구텐베르크 선생님이 얼마나 고마운 일을 하셨는지는 생각도 못했네요."

버클리 교수는 구텐베르크 성경을 책장에 꽂아 넣더니 또 다른 책을 한 권 꺼냈다.

"내가 가장 귀하게 여기는 책이네."

얼마나 많이 봤는지 책 겉면이 너덜너덜했다.

책 겉면에는『철학의 원리(Principia Philosophie)』라고 쓰여 있었고, 지은이는 데카르트였다.

"데카르트가 쓴 위대한 책,『철학의 원리』라네. 그야말로 인류에게 축복과 같은 책이지."

"저도 이름은 들어봤지만 직접 보기는 처음이에요."

로잘린은『철학의 원리』를 뚫어지게 쳐다보았다. '철학의 원리(Principia Philosophie)'란 제목이 뉴턴 교수가 지은 '자연철학의 수학적 원리(Philosophiae Naturalis Principia Mathematica)'와 엇비슷한 느낌이 들었다. 아무래도 뉴턴 교수가 책 제목을 지을 때 데카르트가 지은 책에서 영감을 받은 모양이었다.

"데카르트 철학은 '나는 생각한다, 그러므로 나는 존재한다'는 말에 알맹이가 들어 있지. 의심하고 또 의심하면 온 누리에서 의심하지 않을 만한 것은 딱 하나 남는데 바로 내가 생각한다는 점이지. 우리는 생각하기에 존재해. 생각이 없다면 내가 진짜 있는지 없는지 알 수가 없지. 우리는 생각하고 생각은 내 존재를 증명해. 데카르트는 내가 존재함을 증명한 뒤에 신이 존재함을 여러 가지 방법으로 증명하는데 그 가운데 하나는 이거야."

버클리 교수는 종이를 펴더니 펜으로 글씨를 쓰면서 설명했다.

지식을 하나라도 더 가르치려고 애쓰는 교육자가 바로 버클리 교수였다.

"나는 내가 있는지 없는지, 온 누리가 과연 믿을 만한지 끊임없이 의심하므로 완전하지 않은 존재네. 불완전한 존재인 우리는 완전함을 늘 떠올리지. 불완전한 사람이 완전함을 떠올리다니 말이 안 돼. 왜냐하면 불완전한 존재는 가장 완전한 존재, 그 어떤 의심도 없고 모든 걸 아는 존재가 있다는 생각을 할 수 없기 때문이네. 완전한 생각은 완전한 존재에게서만 나오고, 불완전한 존재에게서는 불완전한 생각만 나와. 사람은 완전한 생각을 꿈꾼다네. 불완전한 존재인 사람이 완전한 생각이 있음을 떠올린다는 바로 그 점이 신이 있음을 증명하네. 어떤가? 데카르트가 펼친 논리가? 멋지지 않나?"

나는 다 알아듣지 못했는데 로잘린은 다 알아들은 듯했다. 완전이니 불완전이니 하는 말이 뒤죽박죽 엉켰다. 가장 받아들이기 힘든 말은 왜 불완전한 사람이 완전한 생각을 할 수 없느냐는 점이다. 불완전하기에 완전함을 상상하지 못한다는 말보다 불완전하기에 완전함을 상상한다는 말이 더 맞지 않을까? 물론 나는 신을 믿지만 데카르트가 펼친 논리가 옳다는 생각은 들지 않았다. 끊임없이 의심이 피어올랐다. 데카르트처럼!!

"신이 있고 우주가 있으니 신은 이 우주를 창조해내셨고, 신이 우주에 있는 물질에 운동을 하도록 힘을 불어넣었어. 또한 운동이 끊임없이 이어지도록 하셨지. 온 우주는 신이 만드신 물질로 가득하고, 그 물질들은 접촉을 통해 힘을 주고받으면서 끊임없이 움직여. 데카르트는 『철학의 원리』에서 자연철학을 이루는 가장 알짜 운동법칙을 제시한다네. 첫째는 '머물러 있는 물질은 다른 물질에게 힘을 받지 않는 한 그대로 머물러 있다'는 원리며, 둘째는 '움직이는 물질은 반드시 직선으로 끊임없이 움직이려고 한다'는 원리네. 이 두 원리는 신이 물질에게 불어넣은 법칙이야. 이 두 원리를 통해 데카르트는 자연계에서 일어나는 모든 물질 운동을 설명해 냈네. 그야말로 신이 만드신 거룩한 법칙을 찾아낸 셈이지."

버클리 교수에게서 물이 끓어 넘치 듯 자부심이 철철 흘러 넘쳤다.

"모든 운동은 물질과 물질이 직접 만나서 서로 힘을 주고받을 때 일어나. 충돌이 일어난 물질은 직선으로 움직이려 하고, 직선으로 움직이는 물질이 곡선 운동을 하는 까닭은 다른 충돌이 끊임없이 벌어져서 직선 운동을 막기 때문이지. 이를 바탕으로 생각하면 지구가 태양 둘레를 도는 운동이 설명이 되네. 지구는 직선으로 나가려 하지만 우주 공간에 가득한 물질이 직선으로 나가지 못하게 하고, 그에 따라 동그랗게 태양을 돌면서 운동하게 된다네. 어떤가? 이보다 더 제대로 된 설명이 있는가?"

이번 설명은 신 존재 증명보다 훨씬 그럴 듯했다. 버클리 교수의 설명을 듣고 나니 지구가 태양을 도는 까닭도, 물건을 곧게 앞으로 던졌는데도 땅으로 떨어지는 까닭도 헤아릴 만했다. 버클리 교수, 아니 데카르트는 참으로 대단한 사람이었다.

"앞뒤가 안 맞아요."

나는 버클리 교수 설명에 감탄하는데 로잘린은 그렇지 않았다. 신 존재 증명 때는 나보다 더 잘 받아들이더니 이번엔 로잘린이 제대로 알아듣지 못한 모양이다.

"교수님 말씀대로라면 모든 물질은 접촉을 통해 힘을 주고받아야 움직인다고 하셨잖아요?"

"그랬지."

"그런데 자석은 뭐죠?"

자석이라니, 로잘린이 무슨 말을 하려고 자석 이야기를 꺼내는 걸까?

"자석은 서로 떨어져 있지만 힘을 주고받아요. 끌어당기기도 하고, 밀어내기도 하죠. 아무리 두 눈 부릅뜨고 자석을 쳐다봐도 접촉이 일어나는 물질은 보지 못했어요."

맞는 말이다. 자석은 가만히 둬도 철을 끌어당기고, 자석끼리 서로 밀치기도 하지만 접촉하는 물질을 본 적은 없다.

"자석이 움직이는 원리는 데카르트가 이미 잘 설명했어. 자석에는 우리 눈으로 볼 수 없는 구멍이 있고. 그 구멍에서 아주 작은 입자가 나와. 입자는 한 구멍에서 나와서 다른 구멍으로 돌아오지. 입자가 움직이면서 물건을 끌어당기는데, 같은 입자끼리 만나면 서로 밀어내게 되네."

"그런 물질이 어디 있는데요? 보이지도 만지지도 못하는 물질이 있다는 말인가요?"

버클리 교수는 빙그레 웃었다.

"손을 휘저어 보게."

로잘린과 나는 손을 꺼내 빈 공간을 휘저었다.

"뭐가 만져지나?"

"아뇨!"

"우리 눈에 보이지 않지만 이 빈 공간처럼 보이는 곳엔 공기가 가득하네. 그렇지만 공기는 어디에 있지? 만져지지도 않고, 보이지도 않는데, 도대체 어디에 공기가 있을까? 보이지도 만져지지도 않으니 공기가 없다고 해야 되나?"

"그렇진, 않죠."

로잘린이 힘없이 대꾸했다.

"자석도 마찬가지네. 자석에서 나오는 물질이 눈에 보이지 않는다고 해서 없다고 할 수는 없네. 구멍이 보이지 않는다고 해서 없다고 해서는 안 되네. 단지 너무 작아서 사람 눈에 보이지 않을 뿐이네."

로잘린 얼굴이 시무룩해졌다.

나도 버클리 교수 말에 설득을 당해서 입을 다물려고 했다. 그러나 핼리 선생님이 하신 말씀이 떠올랐다. 나는 그 말을 버클리 교수에게 그대로 옮겼다.

"교수님 생각은 그럴 듯하지만 실험으로 증명하지 않았잖아요."

"실험?"

버클리 교수 눈이 동그랗게 커졌다.

"데카르트가 한 주장은 그냥 주장일 뿐이잖아요. 실험으로 증명해야지 진짜죠."

"실험을 믿나?"

버클리 교수가 내게 바짝 다가들며 물었다.

"그럼…요."

나는 자신 없이 대답했다.

"데카르트가 말한 첫째 원리를 잘 생각해 봐. '나는 생각한다, 그러므로 나는 존재한다!' 생각이야말로 이 세상에 감춰진 지식을 헤아리는 첫째 원리네. 실험은 그저 눈앞에서 거짓과 가짜를 잔뜩 품은, 참 지식을 가린 가면들이 벌이는 장난질일 뿐이네. 나는 실험을 믿지 않아. 신이 사람에게 준 위대한 이성을 믿지."

가만히 있던 로잘린이 반박에 나섰다.

"말은 그럴 듯하지만, 그냥 말일 뿐이요. 교수님은 실험을 속임수요 장난질이라고 했지만 저는 그렇게 보지 않아요. 원리가 맞는 다면 그 어떤 실험을 해도 딱딱 맞아 떨어져야지요. 실험이 아니라면 수학으로 나타낼 수 있어야 한다고 봐요. 갈릴레이는 실험과 관찰로 자연법칙을 찾아냈고, 케플러는 수학으로 천체 운동법칙을 찾아냈어요. 베이컨 경은 지식을 아는 제1 원리는 실험이라고 했어요. 경험으로 증명하지 못하는 지식은 진리가 아니라고 했어요."

그때까지 차분하게 말하던 버클리 교수가 버럭 화를 냈다.

"베이컨 따위가 뭐라고 말하든 무슨 상관인가? 어디서 감히 베이컨을 데카르트에 견주는가? 데카르트는 알짜 지식은 오직 인간이 지닌 뛰어난 이성으로만 밝힐 수 있다고 했어. 감각은 속임수야. 악마가 끼어들어 우리를 속여도 감각은 알아차리지 못해. 실험은 감각이 지닌 힘에만 의지하는 불완전한 방법이야. 오직 인간이 지닌 놀라운 이성이야말로 진리를 찾는 가장 거룩한 방법이지."

"그렇지만……."

로잘린이 반박을 하려 했지만 버클리 교수는 틈을 주지 않았다.

"공기와 마찬가지로 열은 눈에 보이지 않아. 열이 얼마나 많은지 우리 감각으로는 알 수가 없어. 그렇지만 열이 있음을 우리는 이성을 통해서 알아냈어. 자석에서 나오는 입자가 보이진 않아도 우리 이성은 그걸 알아차려. 우리 감각은 지구가 평평하다고 속이지만 우리 이성은 지구가 동그랗다는 참 지식을 주지. 동그란 지구 위에 있는 사람이 떨어지지 않고 있는 까닭을 우리 감각으로는 알 수가 없지만, 우리 이성은 지구 둘레에 있는 작은 입자들이 사람을 붙들고 있기에 우리가 지구에서 떨어지지 않고 지구 위에서 살 수 있음을 알아내. 이처럼 감각은 속임수를 써서 지식을 숨기지만, 이성은 참 지식을 파악하게 해 줘. 도대체 실험이 으뜸이라니, 누가 그런 어리석은 소리를 한단 말인가?"

버클리 교수는 말이 끝나자 큰 팔을 쫙 벌리고 우리 둘을 번갈아 보았다. 반박하려면 해보라는 몸짓이었다.

"보일 경과 혹 교수가 진공을 증명한 실험은 알고 계세요? 이 세상이 물질로 가득하다면 진공은 있을 수 없잖아요. 진공은 어떻게 설명하실 거예요?"

로잘린이 득의양양하게 물었다.

"진공이라고? 진공이 있어? 어떻게? 진공은 우주 법칙에 어긋나. 이 우주에 진공은 없어. 만일 있다면 그곳은 힘도 전달 안 되고 빛도 없게 돼. 보일과 혹은 진공이라고 말했지만, 진공이 아니야. 진공인 듯 하지만 그 안엔 우리가 모르는 작은 물질이 가득해. 무엇보다 하느님께서 만물을 창조하실 때 하느님 뜻으로 온 세상을 피조물로 가득 채웠어. 이 우주에 아무것도 없는 텅 빈 곳이 있다면, 그곳엔 하느님이 지으신 창조물이 없다는 뜻인데 어떻게 그럴 수가 있겠어? 하느님이 지으신 물질은 단 한 곳도 빈틈없이 온 우주에 가득하다네."

뭐라고 말해도 버클리 씨는 밀리지 않았다. 모든 물음에 답할

준비가 된 사람처럼 보였다.

나는 더는 묻고 싶지 않았다. 잃어버린 원고를 빨리 찾아야 하기에 버클리 교수와 이렇게 마주 앉아서 논쟁을 벌일 시간이 없었다. 그렇지만 로잘린은 논쟁을 멈출 생각이 없어 보였다.

"아무리 봐도 말만 그럴 듯해요. 데카르트가 아주 위대한 현인임은 알아요. 그렇다고 데카르트가 한 말이 다 옳다고 생각하지는 않아요. 아리스토텔레스도 아주 위대한 현인이어서 2000년 넘게 사람들은 아리스토텔레스가 한 말은 다 맞는 줄 알았어요. 그렇지만 요즘 지구 곳곳을 다니면서 사람들이 본 세상은 아리스토텔레스가 한 말과 많이 달라요. 아리스토텔레스는 데카르트가 말한 이성을 써서 세상을 파악했지만, 요즘 뱃사람들은 배를 몰고 돌아다니면서 세상을 알아나가요. 저는 이성이 위대하다고 믿지만, 때로는 이성보다 몸으로 돌아다니면서 하는 경험이 더 위대한 지식을 얻게 해준다고 생각해요. 우리는 새롭게 겪을수록 더 많이 알아요. 옛날 사람보다 우린 더 많은 지식을 알아요. 데카르트가 몰랐던 지식을 저는 알아요. 그러니까 데카르트가 틀리고 제 생각이 맞을 수도 있어요."

로잘린은 버클리 교수에게 대놓고 도발을 했다.

버클리 교수 얼굴이 새빨갛게 바뀌었다. 목소리조차 떨려나왔다.

"어디 감히… 데카르트를…."

버클리 교수는 어쩔 줄 몰라 했고, 더는 말이 나오지 않았다.

"뉴턴 교수님을 뵙고 왔는데 뉴턴 교수가 이번에 펴내려고 하는 책에서 만유인력을 주장한다고 하셨어요. 만유인력은 이 우주에 있는 모든 물질이 서로 끌어당긴다는 원리에요. 태양이 지구를 끌어당기고, 지구는 달을 끌어당기죠. 그렇게 끌어당기는 힘 때문에 지구가 태양 둘레를 돌고, 달이 지구 둘레를 돌아요. 왜 그렇게 도는지 수학을 통해 완벽하게 증명해내셨다고 했어요."

빨갛게 달아올랐던 버클리 교수 얼굴이 어느 틈에 웃음을 머금은 얼굴로 바뀌었다.

"만유인력? 물질과 물질이 끌어당긴다고? 그 말을 지금 믿으라고 하는 이야기야? 물질에 마법이라도 있다는 소리로 들리는 군. 태양이 살아있어서 지구를 끌어당기나? 지구가 살아 있어서 달을 끌어당겨? 모든 물질이 서로를 끌어당긴다고? 그러면 생명이 아닌 물질도 다 살아 있다는 말인데, 그 말을 나보고 지금 믿으라는 건가? 저 거대한 우주가 진공이고, 엄청난 진공을 가로질러 태양이 지구를 끌어당긴다는 거짓말을 나 보고 믿으라는 이야기인가?"

버클리 교수 입에 비웃음이 주렁주렁 매달렸다.

"가까스로 옛날 마법을 없애고 자연철학을 새롭게 세웠더니, 뉴턴이란 자는 케임브리지 교수에 왕립학회 회원이면서 그런 엉터리 마법 같은 이야기를 하다니, 참으로 어리석군. 그런 뉴턴 말을 믿는 아가씨도 어리석고."

버클리 교수 말을 듣고 보니 둔기로 머리를 한 대 맞은 기분이었다. 로잘린이 뉴턴 교수 말을 듣고 점성술과 엇비슷하다고 했던 이야기도 떠올랐다. 뉴턴은 정말 엉터리 점성술사가 믿는 생각을 빌려와서 자연철학이란 이름을 덧씌웠을까? 모르겠다. 뭐가 뭔지 하나도 모르겠다. 만약 뉴턴이 쓴 원고가 엉터리라면 우리가 굳이 애를 써서 그 원고를 찾아야 하는지도 의문이었다.

"뉴턴이 그 따위 주장을 한단 말이지. 나는 핼리 선생이 인류를 바꿀 거룩한 발견이요, 지혜를 담은 책이 나올 거라고 해서 조금 긴장도 하고 한편으론 설레기도 했는데, 정말 실망이군. 그런 책이라면 내가 나오자마자 아주 박살을 내주지."

버클리 교수는 책상을 쾅 쳤다.

그 소리에 맞춰 로잘린이 일어났다.

"약속도 안 잡고 불쑥 찾아왔는데 좋은 말씀 많이 들려주셔서 고맙습니다. 예의에 어긋난 점이 있었다면 너그럽게 용서해주세요."

버클리 교수도 일어났다.

"아니네. 아가씨처럼 총명한 학생과 나누는 대화는 언제든지 환영이네. 나도 아주 즐거웠네. 그리고 아가씨 덕분에 뉴턴을 어떻게 박살낼지 확실히 알았으니 나도 손해 보지는 않았네."

로잘린은 인사를 하고 밖으로 나왔다. 나는 아무 생각 없이 로잘린을 따라 나왔다. 마차에 올라탄 뒤에야 나는 로잘린에게 왜 원고를 찾으려고 하지 않았냐고 물었다.

"버클리 교수는 아니야. 버클리 교수는 논쟁을 해서 이기려 들지 몰래 비열한 수를 써서 막으려고 드는 사람이 아니야. 논쟁을 심하게 하고 사람을 깔보는 태도가 있긴 하지만, 그래도 토론을 할 때만 그럴 뿐 사람을 깔보지 않아. 토론을 좋아하는 사람은 자기와 생각이 다른 사람을 미워할 순 있어도 반대 생각을 하는 사람에게 나쁜 짓을 벌이진 않아. 아까 그랬잖아. 뉴턴이 책을 펴내면 아주 박살을 내주겠다고. 저런 자신감이 넘치는 사람이 원고를 몰래 훔칠 까닭이 없어."

듣고 보니 맞는 말이었다.

그리고 나는 로잘린 말을 들으면서 버클리 교수 말이 옳다는 생각을 했다. 로잘린은 뛰어난 이성으로 상황을 판단했다. 마이어 씨와 버클리 교수가 보이는 태도만 보고도 범인이 아니라고 결론을 내렸다. 원고를 찾아보지도 않고, 원고에 관해 물어보지도 않고 결론을 내렸다. 이는 이성이 지닌 힘이 있기에 가능했다. 그러다 로잘린이 한 생각은 이성에만 기대어 내린 결론이 아니라는 점을 깨달았다. 로잘린은 버클리 교수와 나눈 대화, 즉 경험을 통해서 결론을 내렸다. 그러고 보니 경험과 이성은 서로 대립하기만 하는 사이가 아니었다. 알맞게 두 가지를 잘 쓰기만 하면 진실에 다가가는 길이 더 쉽고 깊게 열릴 듯했다. 이런 생각을 버클리 교

수에게 돌아가서 해주고 싶었지만, 우린 빨리 프린키피아 원고를
찾아야 했기에 그럴 틈이 없었다.

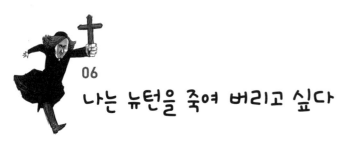

06
나는 뉴턴을 죽여 버리고 싶다

1687년 7월 4일 오후 3시 30분.

"누구보다 잘 살펴야 할 사람이야."

훅 교수를 만나기 전 로잘린은 잔뜩 긴장하며 말했다. 로잘린이 이렇게 긴장하는 모습은 처음이었다. 아무래도 훅 교수가 범인일 가능성이 크다고 보는 듯하다. 로잘린은 왜 훅 교수를 가장 의심하는지 말해주지 않았다. 등도 구부정하고 힘도 별로 없어 보이는 훅 교수는 범인이라고 하면 떠올리는 겉모습과 전혀 어울리지 않았다.

로잘린은 거침없이 훅 교수가 있는 곳으로 들어갔다. 조수가 말렸지만 듣지 않았다. 젊은 아가씨가 밀고 들어가니 조수는 어쩔 줄 모르며 지켜만 보았다. 내가 뒤따라가는데 조수는 괜히 죄 없는 나를 째려보았다. 나는 모른 척했다.

훅 교사가 머무는 방은 조금 전 보았던 버클리 교수 방과 아주 달랐다. 버클리 교수 방에는 엄청나게 많은 책이 있었지만, 훅 교수 방엔 온갖 실험도구들이 가득했다. 같은 대학에서 자연철학을 하는 교수인데도 어떻게 이렇게 다른지 알다가도 모를 일이었다. 핼리 선생님도 남들에겐 없는 도구들이 많은데 훅 교수 방은 핼리 선생님조차 따라가지 못할 만큼 많은 실험도구로 넘쳐났다.

책상에 놓인 종이에 펜으로 적바림을 하던 훅 교수는 난 데 없이 문을 열고 들어오는 로잘린과 나를 눈을 치켜 뜨고 노려보았다. 나는 엉거주춤 문 앞에 서 있는데 로잘린은 마치 소풍 나온 소녀처럼 방 곳곳을 돌아다녔다.

"와! 교수님 방은 보물창고네요. 정말 멋져요. 이거 현미경 맞죠?"

로잘린 손끝에는 현미경이라 불리는 실험도구가 보였다. 동그란 받침대에 긴 기둥이 박혔는데 기둥에는 와인 병을 뒤집어 놓은 듯한 통이 달려 있었다. 위쪽은 통이 조금 크고 아래쪽은 아주 좁았다. 현미경 앞에는 램프와 물을 담은 플라스크가 달린 도구가 나란하게 놓여 있었다. 로잘린은 손끝을 좁은 통 아래에 대고 큰 통 쪽에 눈을 댔다. 아마 그 통으로 손을 살피는 모양이었다.

"이게 정말 제 손 살결이에요? 신기하네요."

로잘린은 손가락을 넣었다 뺐다 하면서 현미경을 들여다봤다.

"그런데 약간 흐려요. 어떻게 해야 뚜렷하게 보죠?"

로잘린이 훅 교수를 천진난만하게 보며 물었다.

"옆에 달린 둥글게 생긴 조동나사를 돌리시게."

훅 교수는 들릴 듯 말 듯한 목소리로 말했다.

로잘린은 현미경 중간에 동그랗게 생긴 손잡이를 앞뒤로 돌렸다.

"와! 엄청나네요. 제 살결이 이렇게 생겼다니, 교수님이 만드신 이 현미경, 정말 엄청나네요."

로잘린은 현미경에서 눈을 떼지 않고 입을 조잘거렸다. 훅 교수는 처음 자세 그대로 로잘린을 노려보기만 했다. 조금 뒤 현미경에서 눈을 뗀 로잘린은 또다시 둘레를 호기심 어린 눈으로 살피며 돌아다니더니 책 한 권을 집어 들었다.

"『마이크로그라피아』! 이 책, 저도 봤어요. 교수님이 쓰신 책이죠? 이 책을 읽고 받은 감동과 충격은 정말 잊을 수가 없어요. 이 책을 읽고 나서 교수님을 꼭 뵙고 싶었어요. 제가 보기에『마이크로그라피아』는 역사에 남을 책이에요. 먼 훗날에도 이 책만큼은 살아남아서 교수님 이름이 잊히지 않게 하리라 믿어요."

로잘린은 듣기 좋으라고 한 말이 아니었다. 로잘린 말에서는 참마음이 묻어났다. 훅 교수 눈빛도 조금 누그러졌다.

"이 현미경으로 관찰한 식물과 동물을『마이크로그라피아』에 그려 넣으셨죠? 저도 교수님과 같은 현미경이 있다면 교수님과 같은 연구를 꼭 해보고 싶어요. 갈릴레오 갈릴레이나 티코 브라헤가 아주 큰 세상을 관찰했다면, 교수님은 우리 눈에 보이지 않는 아주 작은 세상을 관찰했어요. 저는 아주 큰 세상도 궁금하지만 아주 작은 세상도 궁금해요. 많은 자연철학자들이 큰 세상을 관찰하고 연구하는데 많은 시간을 보내지만, 저는 교수님처럼 작은 세상을 연구하는 사람이 되고 싶어요. 작은 세상은 우리 옆에 있지만 우리가 잘 모르잖아요. 큰 세상은 우리랑 지나치게 멀어요. 저는 가까운 세상, 바로 옆에 있어서 다 안다고 착각하지만 알지 못하는 세상, 그런 조그마한 세상을 더 깊이 파고들고 싶어요."

로잘린은 꿈꾸듯이 말했고 훅 교수는 그런 로잘린을 보며 살며시 웃었다. 내가 아는 훅 교수는 결코 저렇게 웃는 사람이 아니다. 로잘린이 지은 웃음이 훅 교수에게 전달되었다. 이 모습을 보았다면 버클리 교수는, 로잘린에게서 나온 웃음이 보이지 않는 물질에 실려간 뒤에 훅 교수 몸으로 파고 들어가 훅 교수를 웃게 만들었다고 말할지도 모른다. 뉴턴 교수라면 보이지 않는 힘이 웃음을 싣고 건너가 훅 교수를 웃게 만들었다고 하였을까? 아무튼 로잘린은 옆에 있는 사람을 다 웃게 만드는 웃음 전도사였다.

"『마이크로그라피아』에서 세포(cell)라는 말을 처음 봤어요. 코르크 조각에서 조그만 방을 찾아냈고, 그걸 세포라고 부르셨죠? 아마 그 세포엔 엄청난 비밀이 감춰져 있을지도 몰라요. 전 그 세포를 더 자세히 보고 싶어요. 더 깊이 알고 싶어요."

훅 교수는 펜을 놓고 고개를 들었다. 입에 웃음이 걸려 있었다.

로잘린은 창문 쪽으로 놓인 망원경 앞에 섰다.

"망원경이 정말 커요! 저도 작은 망원경이 있긴 하지만 이 망원경에 견주면 망원경이라고 부르기도 부끄럽네요. 이렇게 큰 망원경이라면 달도 별도 다 크게 보이겠어요. 망원경으로 큰 세상을 보고, 현미경으로 작은 세상을 보고, 박사님은 여느 사람보다 훨씬 다양한 세상을 보고 사시네요. 진짜 부러워요."

로잘린이 훅 교수를 빤히 보며 말했다.

훅 교수는 그런 로잘린을 부드러운 눈길로 바라보기만 할 뿐 여전히 말이 없었다. 훅 교수 얼굴빛이 누그러지자 나도 훅 교수만 보던 눈길을 방 구석구석으로 옮겼다. 정말 보물창고였다. 별의별 실험도구가 다 있었다. 본 적도 없는 생명체를 꼼꼼하게 그린 그림도 곳곳에 있었다. 지구에 저런 생명체가 있나 싶을 만큼 신기한 그림이 많았다. 때마침 로잘린도 그림들을 살폈다. 그러다가 그림 아래쪽에 놓인 작은 물건 하나를 집어 들었다.

"이게 뭐죠? 처음 봐요. 보석도 아니고, 조개도 아닌데, 도대체 뭐죠? 신기하게 생긴 돌이네요."

로잘린이 돌을 들어서 훅 교수에게 들어 보였다. 회오리처럼 생긴 금이 안쪽에서 바깥으로 쭉 뻗었는데, 회오리처럼 뻗은 금과 금 사이를 짧은 선들 수십 가닥이 이어졌다. 금으로 나뉜 부분은 야트막하게 부풀어 올랐다.

"그냥 돌이 아니네."

혹 교수가 입을 열었다.

"그 돌은 '화석'이라고 부르네."

"화석이 뭐죠?"

"이제까지 자연철학자들은 지구가 지닌 별난 힘이 생명체에게서 남다른 기운을 받아서 닮은꼴 돌을 만들었다고 믿었고, 그걸 화석이라고 불렀지. 내가 보기에 화석은 그렇게 만들어지지 않아. 땅은 끊임없이 움직인다네. 옛날에 바다였던 곳이 땅이 되고, 큰 산이 들판이 되며, 들판이 산이 되기도 하지. 땅이 움직이니 땅 위에 살던 생명체가 땅 속에 갇히기도 해. 그렇게 갇힌 생명체 속으로 점토나 돌 알갱이가 채워져서 단단하게 굳으면 화석이 만들어진다네. 따라서 화석을 잘 연구하면 아주 오래전에 어떤 생명이 살았는지, 그때도 오늘날과 같은 생명이 살았는지 알게 될 걸세. 아주 깊이 연구해 볼 만한 분야야."

로잘린은 혹 교수 말을 듣고 존경어린 얼굴빛을 하며 잠깐 동안 말을 잊었다.

"교수님은, 정말, 엄청난 분이세요. 어떻게 그런 생각을 하시는지."

혹 교수는 로잘린이 추어올리자 기분이 좋은지 활짝 웃었다. 그러다 나와 눈길이 마주쳤는데 활짝 피었던 웃음은 나타날 때보다 더 빨리 사라졌다. 로잘린은 웃음을 주는 사람이고, 나는 웃음을 빼앗는 사람이었다. 씁쓸한 맛이 혀를 건드리고 사라졌다.

"진공펌프다!"

로잘린이 소리를 질렀다.

로잘린은 진공펌프를 뚫어지게 살폈다. 진공펌프는 공처럼 생긴 유리병 아래로 유리관이 이어졌고 삼각대가 두 유리를 단단히 받쳤다. 공처럼 생긴 유리병 위와 아래엔 조임새가 달렸고, 유리관 위와 아래는 가늘게 좁아드는데 위는 공처럼 생긴 유리병과 이어지고, 아래는 쇠로 만든 톱니바퀴와 이어졌다. 톱니바퀴와 맞물려 돌아가게 깎은 둥근 쇠가 유리관에 딱 붙어 있고, 둥근 쇠에는 손잡이가 달렸다. 진공펌프 뒤에 붙은 설계도면을 보니 겉으로 보이지 않는 곳에는 더 복잡한 장치가 숨어 있는 듯했다. 훅 교수가 이런 실험기구를 만들어내는 사람이었다니, 우러러 보는 마음이 저절로 일었다.

"공처럼 생긴 유리병 안이 진공이 되는구나! 그런데……."

로잘린이 몸을 일으키더니 훅 교수에게 물었다.

"버클리 교수님은 진공을 믿지 않았어요. 작은 입자는 우주 어느 곳이나 있다고 했죠. 진공은 결코 있을 수 없다고, 착각이라고 하시더라고요."

"버클리 교수는 눈에 보이는 실험은 도대체 믿지를 않고, 보이지도 않는 자기 머리는 철썩 같이 믿지."

훅 교수는 혀를 찼다.

"펌프 안에는 공기가 있어. 그 공기를 밖으로 빼내면 그곳은 비어. 아무것도 없게 돼. 공기를 빼내자 유리병 안에 있던 벌레가 바로 죽었어. 공기 안에 벌레가 살아가게 만드는 그 무엇이 빠져나갔기 때문이지. 초를 피운 뒤에 공기를 빼내자 불이 바로 꺼졌어. 공기 안에 불을 만드는 그 무엇이 빠져나갔다고 봐야 해. 그러니까 공기가 없으면 불도 없고, 생명도 없어. 이미 보일 경께서 왕립학회에서 여러 차례 실험으로 증명해 보였고, 많은 왕립학회 회원들도 진공을 받아들이고 있는데, 버클리 교수는 아직도 진공이 없다고 고집을 부려. 참 어리석은 사람이야."

뉴턴 교수가 책을 펴내면 바로 박살내 버리겠다던 버클리 교수가 떠올랐다. 문득 훅 교수가 자기를 어리석은 사람이라고 한 말을 들으면 버클리 교수가 어떤 얼굴빛을 할지 궁금했다.

"누구든 주장은 해. 데카르트는 엄청난 주장을 했어. 버클리 교수는 데카르트를 무조건 믿고 따르지. 그러나 주장은 주장일 뿐이야. 실험으로 증명해야만 주장은 진리가 되지."

훅 교수가 왕립학회에서 실험주임이며, 왕립학회 자연철학자들이 실험을 할 때 거의 다 훅 교수 도움을 받는다는 이야기를 핼리 선생님이 한 적이 있는데, 내가 보기에도 훅 교수는 생각이나 재주나 모두 왕립학회 실험주임에 딱 어울리는 사람이었다.

"내 스승이신 로버트 보일 경은 우리가 사는 세계는 자동기계라고 했어. 하느님은 이 자동기계를 만든 창조주지. 실험기계는 하느님께서 만드신 자동기계를 흉내 내서 사람이 만든 창조물이야. 그러니 실험기계야말로 하느님께서 이 세상을 만드실 때 적용한 법칙을 찾아내는 가장 좋은 방법이지.”

이때까지 그저 감탄하고 존경하는 말만 쏟아내던 로잘린은 세상이 자동기계라는 훅 교수 말을 듣자 얼굴빛이 바뀌었다.

“저는 그 자동기계란 말이 별로 마음에 들지 않아요. 이 우주가 기계처럼 딱딱 돌아간다고 하셨는데 정말 그럴까요? 예를 들어 차가움과 뜨거움이 기계는 아니잖아요?”

“언뜻 보기엔 그렇지. 아리스토텔레스는 뜨거움과 차가움을 서로 대립하는 성질로 봤어. 언뜻 보면 뜨거움과 차가움은 대립하는 성질처럼 보이지. 그렇지만 둘은 대립하는 성질이 아니야. 물질이 열을 잃으면 차갑게 되고, 반대로 물질이 열을 얻으면 뜨겁게 돼. 그러니까 차가움과 뜨거움은 대립하는 성질이 아니라, 열이 많고 적은 차이만 있을 뿐이야. 뜨거움과 차가움은 열로 나타내는 숫자일 뿐이지. 숫자로 성질을 나타내고 나면 차가움과 뜨거움도 기계와 다를 바 없어.”

이제까지 겪은 바로는 이런 답을 들으면 로잘린은 바로 문제점을 잡아서 질문을 했다. 그런데 훅 교수 말을 들은 로잘린은 질문을 꺼내지 못했다. 훅 교수 설명은 그때까지 알던 지식을 훌쩍 뛰어넘는, 한마디로 결이 다른 수준이었기 때문이다.

“우리가 모를 때 우리는 거기에 신비로운 마법이라는 색깔을 덧씌우지만, 다 알고 나면 신비로운 마법도 아주 멋진 기계일 뿐

이야. 시계를 모를 땐 시계가 마법이라고 하겠지만, 시계가 어떻게 움직이는지 알고 나면 시계는 더는 마법이 아니게 돼. 요즘 사람들에게 시계가 마법이라고 하면 다들 웃겠지. 처음 시계가 나왔을 때 모르는 사람들은 시계를 마법이라고 불렀어. 아주 옛날에는 빛을 써서 마법인 척 많이 했어. 번쩍번쩍 빛나는 투구를 쓰고 신성한 사람인 척 했지. 만약 요즘에 그런 짓을 하면 다들 미친 사람이라고 비웃어."

"저도 교수님 생각과 같아요."

로잘린은 생글거리며 혹 교수님 쪽으로 가까이 다가갔다.

"저도 프리즘을 보기 전까진 무지개를 신이 주는 선물이나 마법으로 여겼거든요. 뉴턴 교수님이 쓰신 『빛과 색에 관한 새로운 이론』을 본 뒤에야 어리석은 생각에서 벗어났죠."

뉴턴이란 이름이 나오자 혹 교수 얼굴이 순식간에 어두워졌다.

"뉴턴 교수님이 쓰신 글이 저를 어둠에서 건져냈어요. 제가……."

로잘린이 말을 덧붙이려 하는데 혹 교수가 말허리를 자르고 들어왔다.

"뉴턴은 내가 『현미경 도보』에서 설명한 실험을 바탕으로 해서 그 논문을 썼어. 『마이크로그라피아』에서 이미 내가 빛에 관한 성질을 다뤘어. 그래 놓고 뉴턴은 내 논문과 책에서 생각을 빌렸다는 사실을 한마디도 안 했어. 뉴턴은 예의도 없고, 남이 쌓은 지식을 훔친 아주 못된 놈이야. 그래서 내가 왕립학회 사람들에게 이야기도 하고, 뉴턴에게 편지도 썼어. 뉴턴은 마지못해 나에게 사과 편지를 보냈는데 그 사과 편지에 '거인들 어깨에 서 있기 때문에 성과를 냈다'고 하면서 겸손한 척 했지만, 거인들(Giants)이란 낱말 첫 글자를 대문자G로 썼지. 이는 내 등이 굽었음을 비웃는 표현이라고 밖에 볼 수 없어. 남들이 속이 좁다고 할까 봐 참았지만, 뉴턴은 정말 버릇이 없단 말이야."

부들부들 떨릴 만큼 꽉 쥔 주먹이 훅 교수가 어떤 마음인지 잘 보여주었다.

"그런 일이 있었군요."

로잘린은 처음 듣는다는 투로 말했지만, 훅 교수를 만나러 들어올 때 보인 로잘린 태도를 고려하면 두 사람 사이가 안 좋다는 점은 로잘린도 이미 알고 있었다. 로잘린은 일부러 처음 듣는 척했다.

"제가 듣기로 뉴턴 교수님이 이번에 쓰신 책에 만유인력이란 개념이 나온다고 하던데, 혹시 들어 보셨어요?"

로잘린 말에는 숨은 뜻이 가득했다. 나는 긴장하면서 훅 교수 입에서 눈을 떼지 않았다.

"만유인력! 그 만유인력!! 이미 뉴턴과 편지로 이야기를 나누었지. 내가 뉴턴에게 중력과 역제곱법칙 이야기를 먼저 했어. 이런 생각이 있는데 어떠냐고 했지. 그랬는데 나중에 뉴턴은 옛날 시골에서 지낼 때 떨어지는 사과를 보고 중력을 떠올렸다는 말을 하더군. 내 참 어이가 없어서. 중력도 내가 먼저 이야기했고, 거리가 멀어지면 힘이 제곱만큼 반비례한다는 역제곱법칙도 내가 먼저 이야기했어. 그런 내용을 담은 논문도 냈고. 그런데, 그런데 나한테 그런 말을 들었다는 사실을 뉴턴은 꽁꽁 숨겼어. 내가 말하기 전까지 뉴턴은 행성운동법칙을 연구하면서 원심력과 구심력이 어떻게 균형을 잡는지만 고민했지. 관성력과 중력은 생각하지도 못했다고. 내가 말을 하자 잘못된 생각에서 벗어났으면서……, 못된 놈!"

말투에서도, 몸짓에서도, 얼굴빛에서도 엄청난 노여움이 뿜어져 나왔다.

나는 문에 기대던 몸을 한 발짝 앞으로 옮겼다. 훅 교수가 노여운 말을 쏘아냈지만 로잘린은 얼굴빛 하나 바꾸지 않았다.

"그래서 뉴턴 교수님이 쓴 원고를 훔치셨어요?"

로잘린 말을 들은 훅 교수 눈이 동그랗게 커졌다.

"뉴턴이 쓴 원고를 내가 훔쳐?"

훅 교수가 되물었다.

"저랑 프린키가 케임브리지에서 원고를 받아서 마차에 싣고 오는데 어떤 사람들이 작당을 해서 원고를 훔쳐갔어요. 원고를 들고 오는 사실을 아는 사람은 다섯 명, 그 가운데 훅 교수님보다 뉴턴 교수님을 미워하고, 많이 싸우신 분은 없어요. 그럼 누구라도 훅 교수님을 의심하지 않겠어요?"

로잘린이 당돌하게 훅 교수를 밀어붙였다.

"나는 뉴턴을 죽이고 싶을 만큼 미워하네! 뉴턴이 이 세상에서 사라져버리면 좋겠어."

온 몸이 긴장에 휘감겼다. 무슨 일이 일어날지 몰라 주먹을 꽉 쥐었다.

"나는 뉴턴을 죽이고 싶을 만큼 미워하지만, 정말 죽여 버리고 싶을 만큼 싫지만, 그따위 짓은 안 해. 나는 왕립학회 회원이자 자연철학자이자 실험철학자야. 나는 뉴턴처럼 비열한 짓은 하지 않아. 그 때문에 나를 찾아왔다면 번지수가 틀렸네. 그런 일이라면 나는 아무런 죄가 없으니 당장 이 방에서 나가게."

훅 교수는 그렇게 말하고 고개를 숙이고 펜을 들었다.

훅 교수는 종이에 그림을 그렸다. 실험도구를 설계하는 그림처럼 보였다. 그림을 그리는 훅 교수를 물끄러미 보던 로잘린이 뒤로 한 걸음 물러났다.

"교수님께 예의 없이 군 점 사과드려요. 저희가 원고를 빼앗겨서 다급한 마음에 어쩔 수가 없었습니다. 죄송합니다."

로잘린이 깍듯하게 사죄를 했다.

"알았으니, 그만 나가게."

훅 교수는 눈길도 주지 않고 말했다.

"죄송합니다."

로잘린은 허리를 숙여 절을 했다. 방을 나가려다 말고 로잘린은 몸을 돌렸다.

"제가 보기엔 교수님은 실험에서는 뉴턴 교수님보다 훨씬 낫고, 발상은 뉴턴 교수님과 비슷할만큼 맞서고, 수학은 뉴턴 교수님이 나아보이세요. 제가 뉴턴 교수님 연구실에서 프린키피아를 잠깐 봤는데 거의 다 수학이었어요. 우주를 수학으로 풀어냈죠. 교수님이 아무리 애써도 수학에선 뉴턴 교수님을 따라가지 못해요. 전 두 분 다 정말 엄청나다고 생각해요. 자연철학에서 수학과 실험은 진리를 찾는 가장 핵심 방법이잖아요. 수학과 실험을 모두 써서 진리를 찾아내듯이, 두 분도 힘을 합치면 정말 좋겠다는 생각을 했어요. 어린 제가 감히 말씀드립니다. 오늘 제가 버릇없이 군 점, 다시 한 번 사과드립니다."

로잘린은 다시 한 번 절을 하더니 밖으로 나갔다.

나는 로잘린 뒤를 따라 나서며 문을 닫으려다 말고 훅 교수를 보았다. 그때 훅 교수는 의자 등받이에 기댄 채 로잘린을 물끄러미 바라보고 있었다. 나는 문을 닫고 밖으로 나왔다. 마차에 오른 뒤 나는 로잘린에게 따져 물었다.

"훅 교수 말을 곧이곧대로 믿어? 뉴턴 교수님을 죽이고 싶을 만큼 미워하는 사람이야. 범인일 가능성이 가장 높아. 들어가기 전에 너도 그렇게 말했잖아."

고삐를 움켜 쥔 손에 힘이 들어갔다.

"빨리 마차를 루이즈 경 집으로 몰기나 해."

로잘린이 다그쳤지만 나는 말이 움직이지 못하게 고삐를 더 바짝 잡아당겼다.

"범인일 가능성이 가장 높다고."

"훅 교수님은 아니야. 마음이 착한 분이야. 뉴턴 교수님을 싫어하고, 죽여 버리고 싶을 만큼 미워하기는 하지만, 그런 못된 짓까지 벌일 분이 아니야. 그분은 참된 자연철학자야. 자연철학을 연구하는 사람으로 뉴턴 교수님과 싸우고 대립하지만. 어디까지나 자연철학자로서 싸움이지, 그 이상은 아니야."

로잘린 말을 듣고도 훅 교수를 향한 의심은 줄어들지 않았다. 로잘린이 갑자기 고삐를 잡은 내 손을 철썩 때렸다.

"빨리 가! 이제 두 사람 남았어. 둘 중 한 사람이야. 그러니 서둘러."

더 따지고 싶었지만 로잘린이 다그쳐서 하는 수 없이 마차를 몰았다. 그러나 마차를 모는 내내 훅 교수가 범인이라는 의심은 누그러들지 않았다.

07

포도밭에서 일하는 연금술사

1687년 7월 4일 오후 5시.

안토니오 루이즈 경이 사는 집은 엄청 컸다. 앞 세 사람처럼 다짜고짜 쳐들어가서 만날 수도 없었다. 집에서 일하는 사람들이 올라가지 못하게 막았다. 만나러 왔다는 이야기를 전하고, 바깥에서 한참 기다려야 했다.

"이렇게 집이 어마어마하게 큰데, 훔친 원고를 숨겨버리면 이 넓은 집에서 어떻게 찾지?"

나는 엄청나게 큰 집 때문에 기가 죽었다.

"만약 루이즈 경이 뉴턴 교수님 원고를 훔쳤다면, 연금술 때문일 거야. 그렇다면 연금술을 연구하는 곳에 원고를 두거나, 다른 사람이 함부로 보지 못하는 곳에 두었을 거야. 아무리 이 집이 커도 그런 곳은 많지 않아."

로잘린은 자신만만하게 말했다.

조금 뒤 한 남자가 우리를 이끌었다. 마차를 그대로 묶어두고 안으로 들어갔다. 거대한 샹들리에가 달린 거실을 지나 긴 복도를 따라갔다. 복도 끝까지 가니 다른 방문보다 두 배나 큰 철문이 보였다. 뱀이 동그랗게 몸을 구부린 뒤 제 꼬리를 물고 있는 조각이 철문 가운데를 장식했다.

"우로보로스!"

로잘린이 중얼거렸다.

"우로……뭐?"

처음 듣는 낱말이었다.

"뱀 머리가 꼬리를 물고 있는 저 조각을 우로보로스라고 해. 머리가 꼬리를 물고, 꼬리는 머리로 이어지고, 다시 머리는 꼬리를 물고……. 이렇게 끝없이 이어지는 뜻을 담은 상징이야. 옛날 그리스에서는 지도를 만들 때 우로보로스를 큰 바다 위에 그리기도 했대. 끝없이 이어지는 거대한 바다를 뜻하는 그림이지. 우로보로스는 연금술을 뜻하는 상징이기도 해. 모두 핼리 외삼촌한테 들은 말이어서 나도 더는 몰라."

우리는 철문을 열고 들어간 뒤에 계단을 타고 지하로 내려갔다. 계단이 무척 많았다. 계단을 타고 한참 아래로 내려가자 또다시 큰 철문이 나타났다. 이 철문에도 우로보로스 조각상이 있었다. 우리를 이끈 남자가 문을 열고 안으로 들어가라고 손짓을 했다. 우리가 들어가자 남자는 철그렁 소리가 나도록 문을 세차게 닫았다.

등잔이 벽과 기둥 곳곳에 달려서 지하실 안이 대낮처럼 환했다. 바닥은 단단한 돌이었고 건물을 떠받치는 지하 기둥이 두 줄인데 아주 두껍고 탄탄해 보였다. 지하실 한 쪽 벽에는 유리병과 나무 상자가 아주 많았고, 다른 쪽 벽에는 책들이 빼곡했는데 한눈에 보기에도 아주 오래된 책이었다. 지하실 가운데에는 아주 긴 책상이 놓였고, 책상 위에는 온갖 모양을 한 실험관들이 뒤죽박죽 놓여 있었다. 우리가 들어선 철문 반대쪽 벽에는 붉은 벽돌로 만든 화덕이 자리했는데, 화덕 안에선 불이 맹렬하게 타올랐다. 화덕 쪽으로 천천히 걸어가면서 벽에 붙은 나무상자를 살폈다. 혹시라도 우리에게 훔쳐간 나무상자가 있지 않을까 싶었기 때문이다. 그런데 나무상자에 쓰인 글씨를 알아볼 수가 없었다. 본 적도, 들은 적도 없는 낯선 기호들이었다. 벌레, 곤충, 도마뱀, 뱀과 같은 온갖 동물들과 갖가지 식물 뿌리와 잎, 줄기가 담긴 유리병이 셀 수 없이 많았다. 유리병마다 종이를 붙이고 기호를 써 넣었는데 아무리 봐도 기호가 무엇을 뜻하는지 헤아릴 수 없었다.

우리가 화덕 가까이 갔을 때 화덕 옆쪽에 있는 철문이 열리며 손에 책을 든 루이즈 경이 나타났다. 루이즈 경은 방금 나왔던 철문을 닫고 자물쇠를 잠그고 열쇠를 주머니에 넣었다.

"젊은 신사 숙녀 분께서 어쩐 일이신가?"

"루이즈 경께서 훔쳐간 물건을 찾으러 왔어요."

로잘린이 다짜고짜 말했다.

"내가 도둑이라니, 당돌한 아가씨군. 그나저나 차 한 잔 할 텐가? 차를 느긋하게 마시기엔 어울리지 않는 지하실이긴 하지만 심각한 이야기를 하기에 앞서 차 한 잔은 마셔도 괜찮겠지. 어때?"

"연금술사 비밀 연구실에서 마시는 차라면 기꺼이 마셔야죠."

루이즈 경은 우리에게 의자에 앉으라고 손짓을 하더니 찻잔을 내밀었다. 화덕 위에 끓는 물이 있었기에 차는 금방 우려졌다.

"동방에서 온 아주 귀한 차야. 서민들은 비싸서 구경도 못하지. 찻잔도 동방에서 왔어. 이런 찻잔은 천금을 줘도 못 구해."

혹시라도 실수로 찻잔을 깨뜨릴까봐 한 손으로 찻잔을 떠받쳤다.

루이즈 경은 귀족이면서 엄청난 부자다. 넘쳐나도록 돈이 많은 사람이 왜 싼 금속으로 비싼 금을 만드는 연구에 매달릴까? 더 부자가 되고 싶은 욕심 때문은 아닐 테고, 귀족이면 있는 돈으로 놀고 즐기면서 살아도 되는데, 이렇게 큰 지하실을 짓고 어두침침한 곳에서 연금술을 연구하는 까닭이 무엇일까?

"두 젊은 신사 숙녀 분께서 무엇 때문에 오셨다고?"

루이즈 경이 느긋하게 다시 물었다.

"경께서 훔쳐간 물건을 찾으러 왔어요."

"아가씨 말 대로면 내가 도둑이란 말인데, 내가 도대체 왜 도둑인지 말해주겠나?"

"경께서 뉴턴 교수님이 쓴 원고를 훔쳐갔으니까요."

"내가? 뉴턴 교수가 쓴 원고를? 하하하!"

루이즈 경은 어이없어하며 크게 웃었다.

"그렇게 웃음으로 넘길 일이 아니에요. 훔쳐갈 사람은 루이즈 경밖에 없거든요."

"무엇 때문에 그렇게 단정하는지 궁금하군."

나는 로잘린이 조금 걱정스러웠다. 루이즈 경은 귀족이다. 연금술을 연구하느라 지하실에 처박혀 있어서 바깥 활동을 잘 안 하긴 하지만 루이즈 경 집안은 영국 내에서도 상당히 힘이 세다. 이런 가문을 잘못 건드리면 크게 당할지도 모른다. 로잘린은 그런 걱정 따윈 아랑곳 않는 듯 루이즈 경을 더 거세게 몰아붙였다.

"뉴턴 교수님이 원고를 다 쓰고, 프린키와 제가 케임브리지로 가서 그 원고를 받아온다는 이야기를 들은 사람은 모두 다섯 분이었어요."

"어제 핼리 선생 집에 모인 사람들을 말하는군. 그래서?"

"훅 교수, 버클리 교수, 마이어 씨를 만났는데 그들은 훔치지 않았어요."

"훔치지 않았다고 단정하는 까닭은 모르겠지만, 그렇다 치고. 아직 나 말고 딘젤 신부님이 계시는데, 왜 내가 도둑이지?"

"설마 하느님을 모시는 신부님을 도둑으로 몰 생각이신가요?"

"흠, 신성모독을 하지 말라! 좋아, 좋아, 뭐 그렇게 생각한다고 치자고. 그런데 내가 도대체 왜 뉴턴이 쓴 원고를 훔쳤다고 생각하나?"

"뉴턴 교수님이 쓰신 원고에 연금술에 대한 이야기가 있을지 모른다고 생각했기 때문이겠죠. 뉴턴 교수님은 현자의 돌을 찾으면 모든 사람들에게 알리려는 생각을 품은 분이고, 루이즈 경께선 그러면 안 된다고 생각하시잖아요. 이 정도면 이유가 되지 않나요?"

"나야 동의하긴 싫지만 남들이 들으면 동기는 넉넉히 그럴 만하군."

그렇게 말하면서도 루이즈 경은 얼굴빛이 조금도 바뀌지 않았다.

"동기는 그렇다 치고, 내가 무슨 수로 원고를 훔쳤다고 생각하나? 나는 하루 내내 이곳에 틀어박혀서 연구를 했는데 말이야."

"조금도 밖에 나가지 않았다고 누가 증명하죠? 그리고 이 집엔 루이즈 경 말을 따르는 사람들이 많아요. 루이즈 경은 시키기만 하면 되니 굳이 직접 움직일 까닭이 없죠."

루이즈 경은 찻잔을 내려놓고 고개를 끄덕였다.

"정말 멋진 논리야. 앞뒤가 딱딱 들어맞는군. 자, 그럼 내가 도둑인가?"

루이즈 경은 웃음을 가득 머금고 로잘린과 나를 번갈아 봤다.

"내가 도둑이라고 치세. 어떻게 할 텐가?"

"여기 실험실을 뒤져봐야겠습니다."

"실험실을 뒤지겠다. 내 비밀이 가득한 이 실험실을 말이지."

루이즈 경 입가엔 웃음이 떠나지 않았다. 그 웃음이 묘하게 거슬렸다.

루이즈 경은 몸을 일으켰다. 어슬렁어슬렁 화덕 앞을 거닐었다.

"아가씨 이름이 로잘린이라고 했나?"

"네."

"핼리 선생 조카라고?"

"맞아요."

"핼리 선생은 천문학과 수학에서 아주 뛰어난 일을 많이 하셨지. 아마 앞으로도 놀라운 일을 많이 이루실 거야."

루이즈 경은 몸을 구부려 나무토막을 집더니 화덕에 던져 넣었다.

"로잘린 양은 연금술이 뭔지 아나?"

"싸고 흔한 금속을 금으로 만드는 길을 찾는 학문이 연금술이고, 연금술사들이 꿈꾸는 목표는 현자의 돌이라고 알고 있어요."

"조금은 아는군. 자, 이제부터 내가 연금술이 무엇인지 간략하게 알려줄 테니, 내 말을 듣고도 내가 도둑이라고 생각한다면 이곳을 뒤져도 좋네."

루이즈 경 입에서 웃음이 사라졌다.

"아리스토텔레스는 만물을 이루는 밑바탕 원소가 물, 불, 공기,

흙이라고 하였어. 이 네 가지 원소가 어떤 비율로 섞이느냐에 따라 서로 다른 물질이 되지. 그러니까 물질이란 겉으로 보기엔 다 다르지만 모두 네 원소로 이루어졌다는 점에서는 똑같다네. 모든 물질이 같은 원소로 이루어졌다는 말은 비율만 다르게 하면 나무가 납이 되고, 구리가 금이 될 수도 있다는 말이네. 또한 모든 물질이 같은 원소라는 말은 이 세상이 서로 다르고 떨어진 듯 보여도 서로 그 기운이 통한다는 말도 되지. 그러니까 하늘에 뜬 별들도 우리 땅을 이루는 물질과 다를 바가 없어. 하늘과 땅은 그 기운이 통해. 그래서 태양과 금은 통하고, 달과 은이 통하며, 수성과 수은이 통하고, 구리와 금성이 통하며, 화성과 철이 통하고, 토성과 납이 통하며, 목성과 주석이 통한다네."

우주에 있는 별과 우리가 통한다는 생각은 마이어 씨와 엇비슷했다. 점성술과 연금술은 마치 한 뿌리에서 나온 두 줄기 같았다.

"연금술을 잘 모르는 사람들은 연금술사들이 싸고 흔한 금속을 아주 비싼 금으로 만들려고 애쓰는 사람들로 알지. 마치 욕심꾸러기들처럼 말이야. 또한 현자의 돌이 연금술사들이 이루려는 마지막 목표처럼 생각해. 아가씨도 그렇게 알고 있고."

"현자의 돌이 마지막 목표가 아닌가요?"

"현자의 돌은 아주 중요한 목표지만, 연금술사가 이루려는 마지막 목표는 아니라네. 현자의 돌은 모든 물질을 금으로 바꾸고, 사람을 죽지 않게 만든다고 해. 물론 아주 멋진 이야기지. 그렇지만 진짜 연금술사들은 물질에 깃든 진짜 본성을 찾아내고, 그 본성을 끄집어내어 찬란하게 빛나게 하려는 사람들이라네. 모든 물질엔 본성이 있고, 그 본성을 끄집어내면 살아 있는 생명과 다를 바 없게 된다네. 내 안에도 본성이 있어. 그 본성을 끄집어내어 찬란하게 빛나게 하면 나는 신에게 더 가까이 다가갈 수 있다네."

루이즈 경은 지하실 천장을 보며 꿈꾸듯이 말했다.

"자, 이제 내가 도둑이 아닌 까닭을 두 가지 이야기 하겠네. 첫째, 나는 뉴턴이 쓴 원고를 훔칠 까닭이 없어. 뉴턴은 나 못지않게 연금술에 깊이 빠져든 사람이야. 요즘은 한참 수학과 천문학을 연구하는 모양인데, 그 시간이 아깝다고 여겨질 정도로 연금술을 좋아하지. 뉴턴이 연금술을 좋아하는 까닭은 땅에서 하늘까지 모든 물질을 이루는 밑바탕, 뿌리가 무엇인지 궁금했기 때문이야. 우주엔 다양한 물질과 생명이 넘쳐나지만, 이 우주를 하느님이 지으셨다면 그 근원은 하나일 수밖에 없다고 생각했지. 근원을 밝혀낸다면 곧 하느님이 존재하심을 밝혀내는 셈이야. 요즘 뉴턴이 천문학을 연구하면서 만유인력과 중력을 이야기한다고 하는데, 진공을 가로질러 멀리 떨어진 태양이 지구를 끌어당긴다는 생각은 바로 연금술에서 나왔다네."

"태양과 지구가 겉은 죽은 듯 보이지만 숨겨진 본성이 있고, 그 본성이 서로를 끌어당긴다는 말이군요. 점성술사인 마이어 씨에게도 엇비슷한 말을 들었어요."

로잘린이 말하자 루이즈 경은 흐뭇하게 웃었다.

"잘 알아듣는군. 아무튼 뉴턴은 만유인력이니 중력이니 하는 말을 종종했고, 그에 관한 책을 쓴다고 했어. 그러니 도대체 내가 왜 그런 말이 가득 든 책에 마음을 두겠나? 나는 이미 태양과 지구와 달이 서로 영향을 주고받는다고 믿네. 그뿐 아니라 모든 물질은 밑바탕이 같아서 서로 힘을 주고받는다는 점도 아네. 이미 그걸 아는 내가, 단지 내가 아는 지식을 멋들어지게 꾸민 원고를 탐낼 까닭이 있을까?"

로잘린은 깊게 숨을 들이마셨다가 느리게 숨을 내뱉었다. 로잘린을 만난 뒤 처음으로 로잘린 얼굴에 드리운 짙은 어둠을 보았다.

"도둑이 아닌 까닭이 두 가지라고 하셨는데, 둘째는 뭐죠?"

"내가 연금술을 연구한 지가 얼마나 되었다고 생각하나?"

루이즈 경이 되물었다.

"한~ 십 년….."

"이십 년이네. 연금술을 이십 년이나 했어. 이제 막 연금술을 한 사람도 아니고, 한두 해 연금술을 한 사람도 아닌 이십 년을 연금술에 빠져서 지냈네. 그렇기에 나는 연금술에서 꼭 지켜야 할 원칙을 잘 아네."

"그 원칙이 뭐죠?"

"순결함!"

연금술에 순결함이라니, 이 무슨 엉뚱한 말인가?

"연금술사는 만물에 깃든 본성, 비밀을 알아내려는 사람이라네. 만물은 누가 지었나? 신이 지었어. 신이 만드신 만물에 깃든 비밀은 함부로 다가갈 수 없네. 아주 순결하고 깨끗한 사람만 다가갈 수 있지. 그래서 연금술사들은 마음을 깨끗하게 하고, 욕심을 버리며, 예의를 차리고, 부드러운 기운을 지키려고 늘 애를 쓴다네. 순결한 도덕을 갖추지 못한 사람은 연금술을 할 수가 없네. 내가 연금술을 한다는 말은 내가 늘 도덕을 잘 지키려고, 순결하려고 애를 쓴다는 말과 같네. 그런 내가, 도덕을 어기는 짓도 아니고 도둑질과 같은 범죄를 저지르겠는가? 내가 이십 년이나 쏟아부은 시간을 헛되게 만들 짓을 저지르겠는가? 아가씨라면 그렇게 하겠는가?"

루이즈 경 말에 실린 힘은 나에게까지 그대로 전해왔다.

"그렇겠네요. 루이즈 경 말씀이 맞아요. 그럼 이제 한 사람밖에 안 남았는데, 참 갑갑하네요. 딘젤 신부님이 범인일 가능성이 가장 높다니."

로잘린이 한숨을 쉬며 말했다.

"딘젤 신부님이 범인일 수도 있지만, 다른 사람이 범인일 가능성도 생각해 보게."

루이즈 경이 충고했다.

"알겠습니다. 말씀 잘 들었습니다. 그리고 제 무례함을 부디 용서해주세요."

로잘린이 자리에서 일어났다. 나도 따라 일어났다.

"아닐세. 모처럼 내 실험실에 찾아온 손님인데 대접을 제대로 못해서 내가 더 마음이 쓰이는군. 아무튼 꼭 범인을 잡기를 바라네."

로잘린과 나는 걸음을 옮겼다. 루이즈 경은 우리 뒤를 따라왔다. 걸어가면서 로잘린이 물었다.

"루이즈 경, 이십 년이나 연금술을 연구했는데 뭐라도 이루셨나요?"

"휴, 내가 재주가 모자라서 그런지 아직 뭐 하나 제대로 이루진 못했네. 금도 못 만들었고, 현자의 돌엔 다가가지도 못했지만, 약한 금속을 강하게 만들기도 하고, 두 물질을 더해서 아주 새로운 물질을 만들기도 했다네. 물질과 물질이 만나서 불꽃이 일어나기도 하고, 바닥에 가라앉는 물질이 생기기도 하고, 빛깔이 바뀌기도 한다네. 살아오면서 한 번도 본 적 없는 희한한 현상을 보기도 했어. 왜 그런 일이 벌어지는지 모르지만 모두 기록을 해두고 있다네."

루이즈 경은 우리가 나가자 지하실 문을 닫았다. 우리는 철문을 빠져 나와 긴 복도를 거닌 뒤에 마차가 있는 곳까지 왔다. 마차를 서서히 움직이는데 로잘린이 깊은 한숨을 내쉬었다.

"갑갑하네."

"그러게."

나도 같이 한숨을 쉬며 마차를 몰았다. 말들은 정원을 가로질러 느릿느릿 대문 쪽으로 걸었다.

"연금술을 어떻게 생각해?"

내가 물었다.

"뉴턴 교수님 같은 분이 연금술에 푹 빠져서 지내는 걸 보면 나름 타당한 면이 있겠지. 태양과 지구가 서로 끌어당긴다는 생각이 연금술에서 나왔다고 하니 아주 틀렸다고 보이지도 않고. 그렇지만 프란시스 베이컨 경이 연금술을 포도원에 금을 묻어둔 이야기에 견주며 평가한 이야기를 읽은 적이 있어서 연금술을 그리 좋게 보지는 않아."

"포도원에 금을 묻어둔 이야기?"

"어떤 농부가 죽으면서 아들들에게 '포도원에 금을 묻어 두었으니 땅을 부지런히 파보아라' 하는 말을 남겼어. 아들들은 포도원 어디에 금이 묻혔는지 몰랐기에 포도원 땅을 열심히 팠어. 아무리 파도 금은 보이지 않았어. 그렇지만 포도원 곳곳을 부지런히 파다보니 포도 농사가 아주 잘 됐지. 그래서 아주 돈을 많이 벌었어. 아들들은 그때서야 아버지가 남긴 말에 담긴 뜻을 알아차렸지."

"그게 연금술과 무슨 상관이야?"

"연금술사들이 금을 캐는 아들들이란 뜻이야. 연금술사들이 아무리 물질을 뒤섞고, 끓여도 연금술사들이 만들려는 금은 나오지 않아. 그렇지만 연금술사들은 수많은 실험을 하다가 새로운 물질도 만들어 내고, 알려지지 않은 특성을 찾아내기도 했어."

그러고 보니 루이즈 경도 엇비슷한 말을 했다.

"금을 캐려고 포도원을 부지런히 판 아들들이 농사가 잘 되어 부자가 되었듯이, 연금술사들이 금과 현자의 돌을 얻으려고 실험을 부지런히 한 덕택에 새로운 물질을 만드는 방법이나 물질에 담긴 특성을 많이 알게 되었지. 내가 보기엔 연금술은 딱 거기까지야."

로잘린 말을 듣고 나니 뉴턴 교수가 말하는 중력과 만유인력도 별로 믿음이 가지 않았다.

"연금술이 그렇게 엉터리라면 뉴턴 교수님이 주장하는 중력이나 만유인력도 터무니없는 이야기일까?"

"그렇지는 않을 거야. 아마 뉴턴 교수님이 찾으신 만유인력은 포도원에서 땅을 파다가 얻은 넉넉하고 푸짐한 포도인 듯해."

그런 이야기를 나누며 우리는 대문을 빠져나왔다. 대문을 나온 뒤 막 오른쪽 길로 틀려고 할 때였다.

"마차를 세워!"

로잘린이 소리를 질렀다.

나는 깜짝 놀라 말고삐를 세게 잡아당겼다. 마차가 서자 로잘린이 마차에서 뛰어내려서 뒤쪽으로 달려갔다. 나도 마차에서 내려 말고삐를 옆에 있는 나무에 묶어두고 로잘린을 따라 뛰었다.

로잘린은 대문 옆을 지나가는 한 여자를 붙잡았다. 처음엔 도대체 어떤 여자기에 로잘린이 붙잡았는지 몰랐지만, 가까이 가서 그 여자 얼굴을 본 뒤에 로잘린이 왜 마차에서 뛰어내려 여자를 붙잡았는지 금방 알아차렸다. 아침에 우리가 프린키피아 원고를 싣고 골목을 지날 때 우리 앞에 쓰러진 바로 그 여자였다. 이 여자가 이곳에 있다는 말은 이 여자가 바로 루이즈 경 집에서 일하는 사람이란 뜻이다. 그리고 루이즈 경 말과 달리 루이즈 경이 바로 도둑이란 뜻이다.

로잘린이 다그쳤지만 여자는 벌벌 떨면서 전혀 입을 열지 않았다.

"마차를 이쪽으로 끌고 와."

로잘린이 말했다.

나는 뛰어가서 마차를 다시 끌고 왔다. 로잘린은 끌려오지 않으려는 여자를 억지로 끌어당겨서 마차에 태웠다. 우리는 대문을 지나서 곧바로 루이즈 경 집 앞으로 왔다. 여자를 끌고서 건물 안으로 들어갔다. 건물 앞을 지키는 사람이 없었기에 우리는 곧바로 복도를 지나 철문 쪽으로 갔다. 그런데 철문이 열려 있었다.

"이 여자와 같이 따라와."

그렇게 말하고 로잘린이 뛰어갔다. 나는 여자를 끌고 빠른 걸음으로 계단을 타고 내려갔다. 아래 철문도 열려 있었다. 지하실 안으로 들어갔는데 로잘린이 화덕 앞에서 몸을 쪼그리고 앉아 있는 모습이 보였다. 나는 여자를 끌고 화덕 앞으로 갔다.

그곳엔 정신을 잃고 쓰러진 루이즈 경이 보였다. 루이즈 경 뒤통수에서는 피가 조금씩 흘러나오고 있었다.

"죽었어?"

"그렇진 않아. 맥박이 뛰어. 뒤통수를 얻어맞고 정신을 잃고 쓰러진 모양이야."

화덕 옆에 있는 문이 열려 있었다. 루이즈 경이 자물쇠로 잠갔던 그 문이었다. 문 안으로 들어갔는데 어두워서 아무것도 보이지 않았다. 다시 나와서 벽에 걸린 등잔을 떼어서 들었다. 등잔 불빛을 안으로 비췄다. 매캐한 냄새가 코를 찔렀다. 그리고 두어 걸음 걸었을 때 나는 부서진 나무상자 조각을 발견했다. 그리고 찢어진 종이도 하나 찾아냈다. 혹시나 프린키피아 원고가 있을까 싶어서 살폈지만 없었다. 나는 종이쪽지를 들고 밖으로 나왔다.

"뉴턴 교수님이 쓰신 원고를 담은 나무 상자에 붙어 있던 종이쪽지야."

나는 로잘린에게 종이쪽지를 내밀었다.

일이 어떻게 돌아가는지 헤아리긴 어렵지 않았다. 루이즈 경이 아랫사람들을 시켜서 원고를 훔쳐오게 했다. 루이즈 경은 그 원고를 지하실 안 밀실에 두었다. 그리고 누가 그 사실을 알고 루이즈 경을 쓰러뜨린 뒤 빼앗아 갔다.

"이렇게 되면 완전 오리무중이네. 이젠 어떻게 찾지?"

가슴이 막막하고 답답했다.

"누구긴 누구야, 이제 한 사람밖에 안 남았는데."

로잘린은 딘젤 신부님을 범인으로 여겼다. 나는 하느님을 모시는 신부님이 이런 짓을 벌이지는 않았으리라고 끝까지 믿고 싶었다.

"아주머니는 빨리 다른 사람들 불러서 루이즈 경을 치료하세요."

로잘린은 그렇게 말하고 벌떡 일어났다.

"빨리 가자! 딘젤 신부님이 프린키피아를 훔쳤어. 프린키피아를 없애기 전에 찾아야 해."

08
뉴턴 위기일발

1687년 7월 4일 오후 6시 20분.

내가 다니는 교회로 마차를 몰았다. 교회에 도착하자마자 교회 안으로 들어가서 딘젤 신부님이 일하시는 방으로 갔다. 딘젤 신부님은 그곳에 없었다. 방은 깨끗했다.

"교회 뒤쪽으로 가면 딘젤 신부님이 생활하시는 집이 있어. 거기로 가자."

나는 로잘린을 이끌고 교회 뒤에 붙은 집으로 뛰어갔다. 집으로 들어가는 문을 두드렸다. 한참을 두드리자 안에서 사람이 나왔다.

"누구세요? 아, 프린키니. 어쩐 일이야?"

신부님을 모시는 케니스 아줌마였다. 케니스 아줌마는 엄마와 아주 가까운 사이다.

"신부님 안에 계세요? 아주 급한 일이 생겨서요."

"신부님은 오늘 아침 예배를 드린 뒤 곧바로 밖으로 나가셨어. 마차를 끌고 나가셨는데 오늘은 못 돌아올지도 모른다 하시고는, 캐링턴 신부님께 내일 아침 예배를 부탁하고 가셨어."

"어디로 가신다는 말씀은 없으셨어요?"

"응, 아무 말씀이 없었어. 그나저나 너희 집에 무슨 급한 일 생겼니?"

"아니요. 그렇진 않아요. 집에는 아무 일 없어요. 다른 일이에요. 알겠습니다. 안녕히 계세요."

이젠 어디로 딘젤 신부님을 찾으러 가야 할지 막막했다. 로잘린 얼굴도 아주 어두웠다. 아니 어둡다기보다는 심각했다.

"아무래도 핼리 선생님께 말씀드리고 신부님을 찾아야겠어."

내가 말했지만, 로잘린은 입술을 깨문 채 고개를 세차게 흔들었다.

"아니야, 아니야! 어디로 갔는지 알겠어."

로잘린이 눈을 들어 하늘을 봤다.

해가 서쪽으로 많이 기울었지만 오늘은 해가 아주 긴 날이다. 밤 9시가 넘어야 해가 진다.

"뉴턴 교수님이 위험해."

"무슨 소리야? 로잘린! 뉴턴 교수님은 여기서 마차로 가더라도 세 시간이나 떨어진 케임브리지에 계셔. 그런데 뉴턴 교수님이 위험한지 안 한지 네가 어떻게 알아?"

로잘린은 내말에 대꾸는 않고 내 손을 끌고 마차로 뛰어갔다. 나는 로잘린에 이끌려 마차로 갔고, 고삐를 쥐었다.

"가면서 말할 테니까 빨리 케임브리지로 가."

나는 어이가 없었다. 케임브리지는 바로 옆 동네가 아니다. 마차로 세 시간은 달려야 한다.

"빨리 가! 딘젤 신부님이 그쪽으로 가셨어. 딘젤 신부님은 단지 프린키피아만 노리지 않았던 거야. 뉴턴 교수님이 진짜 표적이야. 그러지 않기를 바라지만, 심각한 일이 벌어질지도 몰라. 그러니까 빨리 마차를 몰아!"

로잘린 목소리가 떨렸다. 나는 로잘린이 무슨 근거로 딘젤 신부님이 뉴턴 교수를 노린다고 믿는지 전혀 알지 못했지만, 로잘린 얼굴빛이나 목소리는 나로 하여금 케임브리지까지 서둘러서 마차를 몰게 만들었다.

1687년 7월 4일 6시 40분.

마차를 아주 빠르게 몰았다. 런던 시내에서는 이렇게 빨리 몰면 안 되지만 이것저것 따질 때가 아니었다. 우리가 아주 빠르게 지나가자 길을 걷던 사람들과 천천히 가는 마차에 탄 사람들이 놀라서 손가락질 하고, 소리를 지르고, 어떤 사람은 욕을 퍼부었지만, 나는 마차를 거침없이 몰았다. 마차는 런던을 빠져 나온 뒤 케임브리지로 가는 길로 접어들었다.

이렇게 마차를 몰면 말이 정말 힘들어한다. 더구나 오늘은 아침에 세 시간 케임브리지까지 달렸다가, 다시 세 시간 케임브리지에서 런던으로 왔다가, 원고를 잃어버린 뒤에 하루 내내 마차를 타고 돌아다녔다. 나와 로잘린이 사람을 만나러 들어갈 때 밖에서 조금 쉬고 먹이도 먹었지만 이렇게 하루 내내 달리면 말도 지친다. 더구나 날이 어둑어둑해지는 탓에 길이 좋긴 하지만 달리기가 쉽지 않았다. 느리게 달리면 몰라도 이렇게 빠르게 달리다 돌부리에라도 걸려서 말이 넘어지면 마차에 탄 우리도 크게 다친다. 그러나 지금 그런 걱정을 할 겨를이 없었다.

케임브리지에 이르렀을 때 해가 졌다. 해가 지면 말이 뛰는 빠르기를 줄여야 했다. 말도 지쳐서 빨리 달리지 못했다. 더구나 케임브리지 시내라 느리게 갈 수밖에 없었다. 그나마 노을빛이 남아서 말이 달리는 앞길을 비춰주어 다행이었다.

1687년 7월 4일 오후 9시 30분.

진한 노을빛을 받으며 케임브리지 대학에 들어섰다. 정문을 지난 뒤 곧바로 뉴턴 교수가 있는 연구실로 달렸다. 연구실로 가보니 문은 열려 있고, 연구실 안은 매우 어두웠다. 문 옆에 걸린 등잔에 불을 붙였다.

눈에 들어온 연구실은 엉망이었다. 책은 바닥에 떨어져 있었고,

아침에 보았던 수많은 종이와 자료들이 바닥에 뒹굴었다. 그러다 책상 뒤 바닥에 쓰러져 있는 사람을 찾아냈다. 얼굴을 보니 우리에게 아침에 원고를 건넸던 조수였다.

"괜찮아요?"

몸을 흔들었다.

조금 뒤 조수가 깨어났다.

"어, 당신은, 아침에 본~."

조수는 어리둥절해 하며 나와 로잘린을 보았다.

"어떻게 된 일이에요? 교수님은 어디 계시죠?"

"교수님, 교수님? 몰라요. 교수님은 먼저 나갔고 저는 연구실을 마저 정리했어요. 그러고서 연구실 문을 열고 막 나서다가 뒤통수를 세게 얻어맞았어요. 그러고는 정신을 잃고 쓰러졌나 봐요."

"교수님은, 교수님은요?"

"몰라요. 그리고 보니, 교수님은? 이런!"

그때서야 조수는 자신을 친 범인이 뉴턴 교수를 노릴지도 모른다는 생각을 떠올린 모양이다.

"교수님은 어디 가셨지? 큰일이네."

조수는 몸을 추스르며 일어났다.

"뉴턴 교수님 댁이 어딘지 알아요?"

로잘린이 다급하게 물었다.

"집은 아는데, 집은 왜요?"

"교수님은 집에 계실 거예요. 제 불길한 예감이 틀리길 바라지만, 아무래도 딘젤 신부님은 뉴턴 교수님과 뉴턴 교수님이 쌓아올린 모든 자연철학 업적을, 모조리 태워버릴 생각인 듯해요. 화형식, 마녀를 죽이듯이."

로잘린은 무서운 이야기를 꺼냈다. 마녀라니! 요즘은 그런 일이 없지만 내가 태어나기 전에는 마녀사냥이 정말 많았다고 한다. 수많은 여자들이 마녀로 몰려 불에 타 죽었다고 한다. 엄마가 들려준 마녀사냥 이야기는 그야말로 끔찍했다. 물에 집어넣어서 살아남으면 살아남았으니 마녀라고 죽이고, 죽으면 마녀라서 신이 벌을 내렸다고 하고, 마녀임을 밝히려고 온 몸을 송곳으로 찌르고, 매를 때리고, 그래서 고문에 못 이겨 마녀라고 털어놓으면 불에 태워 죽이고……. 마녀사냥은 악마를 모시는 여자들을 죽인다면서 교회가 저지른 이루 말할 수 없이 끔찍한 짓이었다. 딘젤 신부님은 자연철학자들을 악마가 던진 미끼에 넘어가 신이 만든 질서를 무너뜨리려는 사람들이라고 비난했다. 딘젤 신부님에게 자연철학자는 마녀와 다를 바 없었다. 옛날에는 마녀를 불에 태워 죽였다. 그렇다면 딘젤 신부님이 무엇을 할지는 뻔했다. 딘젤 신부님은, 끔찍하게도 뉴턴 교수와 뉴턴 교수가 이룩한 모든 업적을 한꺼번에 태워 없애려고 한다.

"큰일 났군!"

나는 재빨리 조수를 일으켜 세워서 마차로 갔다.

"교수님 댁이 어딘지 알죠?"

조수에게 물었다.

"알죠. 제가 마차를 몰까요?"

"아니요. 이제 막 깨어나서 마차를 몰기 힘들잖아요. 그리고 이 말들은 제 손에 길들여져서 제가 몰 때 더 빨리 가요. 교수님 댁으로 가는 길이나 잘 알려줘요."

내가 고삐를 쥐고 마차를 몰았다. 조수는 바로 옆에 앉아 길을 알려주었다.

오늘 따라 노을빛이 유난히 붉었다. 붉은 노을빛이 마치 곧 타오를 불꽃을 예언하는 듯해서 몹시 가슴이 떨렸다. 마차는 아주 빠르게 케임브리지 시내를 달렸다.

1687년 7월 4일. 오후 9시 50분.

마차를 세우고 뉴턴 교수 집 현관으로 뛰어갔다. 노을빛도 옅어지고 점점 어둠이 빈 공간을 채워 나갔다. 현관은 잠겼다. 문을 두드렸다. 세게 두드렸다. 안에서 아무 소리도 나지 않고, 아무도 나오지 않았다.

"교수님은 혼자 사세요. 일을 돕는 사람이 있지만 교수님이 저녁 식사를 하고 나면 집에는 교수님 밖에 없어요. 12시까지 연구를 하고 주무시니까 일을 당하지 않고 집으로 오셨다면 아직 깨어 있을 때에요."

몸을 뒤로 살짝 빼서 집을 살폈다. 집에서 새어나오는 불빛이 전혀 없다. 문을 다시 두드렸지만 아무런 반응이 없다. 그때 로잘린이 정원에서 큰 돌을 하나 들고 오더니 현관 옆에 난 유리창에 집어던졌다. 말릴 틈도 없었고, 문을 열 다른 방법도 없었다. 로잘린은 깨진 유리창으로 손을 넣어 창문을 연 뒤에 안으로 들어가 현관문을 열었다.

집안은 어두웠다. 아직 노을빛이 남았지만 밝지는 않아 제대로 보이지 않았다. 조수가 벽을 더듬더니 등잔을 찾았고, 곧 등잔에 불을 붙였다.

"교수님, 뉴턴 교수님!"

로잘린이 크게 불렀다. 나도 같이 따라서 불렀다.

"교수님 연구실은 2층에 있어요."

조수가 앞장서서 계단을 뛰어올랐다. 2층에 올라간 조수는 곧바로 뉴턴 교수님 연구실 문을 열었다. 등잔을 비추며 방안을 살폈다. 그때 부스럭거리는 소리가 들렸다. 조수는 또다른 등잔을 찾아내서 불을 컸다. 새로운 등잔은 내가 들었다. 연구실 안에 문이 하나 더 있었는데, 부스럭거리는 소리는 그 문 안쪽에서 났다. 우리는 문을 재빠르게 열었다.

"교수님!"

뉴턴 교수가 의자에 앉았는데, 온몸이 묶였고 입엔 재갈이 물려 있었다. 뉴턴 교수가 묶인 의자 둘레엔 수많은 종이와 논문, 책들이 가득했다. 기름 냄새가 코를 찌를 듯했다. 불을 들지 않은 로잘린이 재빨리 달려가 뉴턴 교수 입에 물린 재갈을 풀었다. 조수는 문 바로 앞에 있었고, 나는 로잘린과 조수 사이쯤에 있었다.

"조심해!"

뉴턴 교수가 내지른 소리에 맞춰, 퍽 소리가 났다. 몸을 재빨리 돌리며 로잘린 쪽으로 두어 걸음 물러났다. 조수가 바닥에 쓰러지는 모습이 보였다. 쓰러진 조수 뒤로 딘젤 신부가 등잔을 들고 서 있었다. 내가 달려들려고 몸을 움직이려하자 딘젤 신부가 오른손을 들어 나를 가리켰다. 나는 딘젤 신부 오른손을 보고 겁을 먹고 뒤로 물러났다. 총이었다.

문을 닫은 딘젤 신부는 의자를 끌어다 앉았다. 등잔에 비친 얼굴이 피곤해보였다. 그러나 두 눈은 등잔불보다, 아니 태양보다 무섭게 타올랐다. 두 눈에 깃든 불빛은 노여움으로 이글거렸다.

"신부님, 왜 이러세요?"

내가 나섰다. 딘젤 신부님은 내가 다니는 교회 신부님이다. 엄마는 딘젤 신부님을 아주 좋아하고 우러러본다. 나도 엄마 손에 이끌려 딘젤 신부님에게 인사를 했고, 그때마다 딘젤 신부님은 나를 아주 상냥하게 대해주셨다. 부드럽고 예의바른 분으로 알던 나에게 어제 아침부터 맞닥뜨린 딘젤 신부님은 낯설고 무서웠다.

"네 이름이 프린키지? 너는 이 일과 아무런 상관이 없으니 나서지 마라. 하느님이 지으신 질서를 지키려고 이 일을 하고 있으니, 내가 하는 일을 가로막으면 악마를 돕는 짓이 된다."

"뉴턴 교수님은 악마가 아니에요."

나는 있는 힘껏 소리를 질렀다.

"뉴턴이 악마가 아님은 나도 잘 알지만, 악마가 뉴턴을 못된 일에 써먹고 있지. 뉴턴은 악마가 쓰는 도구고, 나는 악마가 쓰는 도구를 없애려고 할 뿐이야."

"뉴턴 교수님이 이번에 쓴 책은 그냥 지구가 태양을 어떻게 도는지 그 법칙을 밝혔을 뿐이에요. 그 법칙은 하느님께서 만드셨는데 하느님께서 만드신 법칙을 밝히는 일이 왜 악마를 돕는 일이죠?"

나는 어떡하든 시간을 끌려고 했다. 시간을 끌어서 빈틈을 찾든지, 아니면 딘젤 신부님 생각을 바꾸고 싶었다.

"성경은 하느님 말씀이며, 하느님 말씀은 어느 하나 틀림이 없지. 하느님이 만드신 법칙이 궁금하면 성경을 읽으면 돼. 내가 알기로 뉴턴이 이번에 내려는 책은 성경에 없는 내용을 잔뜩 담았어. 그야말로 하느님을 욕보이는 짓이요, 성경이 틀렸다고 대놓고 말하는 못된 짓이야. 저 자는 자기가 벌이는 짓이 얼마나 나쁜지도 모르고 책을 함부로 펴내려 하는데, 하느님을 모시는 종으로서 어찌 그대로 둔단 말이냐?"

"그게……."

내가 반박을 하려는데 묵직한 목소리가 내 말을 가로막고 나섰다.

"신부님!"

뉴턴 교수였다.

"신부님, 저는 제 온 삶을 걸고 하느님을 믿어 왔습니다."

뉴턴 교수는 차분하게 말을 이었다.

"신부님은 진리가 궁금하면 성경을 읽으라고 하셨는데, 저는 성경을 아주 많이 깊이 읽었습니다. 그리고 성경 속에 담겼으되 사람이 미처 알아차리지 못한 진리를 찾아내려고 많이 애를 썼습니다. 저는 아주 오랜 시간 성경을 연구했고, 그 안에서 하느님이 지으신 법칙을 밝혀냈습니다. 제가 연금술을 깊이 오랫동안 연구한 까닭도 하느님이 지으신 이 세상 물질들엔 모두 같은 속성이 있으니, 그 속성을 찾으면 하느님이 계심을 모두가 받아들일 수밖에 없겠다는 생각에서였습니다."

딘젤 신부님은 처음 얼굴빛 그대로 뉴턴을 노려보았다. 싸늘한 기운이 방을 무겁게 짓눌렀기에 나는 손끝 하나 움직이지 못했다.

"제가 연구하는 자연철학은 신학을 뒷받침하는 학문입니다. 자연철학은 하느님을 위해 있는 학문입니다. 자연철학은 신부님 생각처럼 하느님이 지으신 질서를 무너뜨리는 학문이 아닙니다."

딘젤 신부님이 우리를 겨누던 총을 내리고 무릎에 올려놓았다. 눈빛도 많이 누그러졌다.

"좋네. 그러면 자네가 이번에 썼다는 책에서 밝힌 진리는 무엇인가? 어떤 영광을 하느님께 올리는 책인가?"

이제 뉴턴 교수님이 딘젤 신부님 마음을 움직여야 한다. 제발 그렇게 되기를 속으로 빌고 또 빌었다. 하느님께 기도하고 싶었지만, 어떤 기도를 드려야 할지 몰라서 기도는 드리지 않았다. 하느님이 혹시나 딘젤 신부님 편을 들면 어쩌나 하는 걱정도 했다.

"지구는 태양 둘레를 타원으로 돌고, 달도 지구 둘레를 타원으로 돕니다. 태양을 도는 모든 행성들은 타원으로 돕니다. 돌 때 그냥 돌지 않고 일정한 법칙에 따라 돕니다. 무질서하지 않습니다. 이는 하느님이 하늘에 있는 행성들을 지으실 때 그 안에 법칙을 심어놓으셨다는 뜻입니다. 질량이 있는 물체엔 모두 서로를 끌어당기는 힘이 있습니다. 태양은 지구를 끌어당기고, 지구는 달을 끌어당기며, 달은 지구에 있는 물을 끌어당깁니다. 썰물과 밀물은 달이 끌어당기는 힘 때문이며, 지구가 태양 둘레를 도는 까닭은 태양이 지구를 끌어당기기 때문입니다."

"태양이 지구를 끌어당긴다고? 그러면 왜 지구가 태양으로 끌려가지 않지?"

딘젤 신부님이 물었다. 좋은 징조다.

"관성 때문입니다."

"관성? 데카르트가 말한 그 관성 말인가?"

"맞습니다. 멈춘 물체는 계속 멈추려 하고, 움직이는 물체는 계속 움직이려 합니다. 지구는 움직이던 쪽으로 계속 가려 합니다.

우주는 텅 빈 진공이기 때문에 지구가 앞으로 나아가는 힘은 처음에 하느님께서 주신 힘을 그대로 간직한 채 나아갑니다. 그런데 만약 태양이 끌어당기지 않는다면 지구는 그냥 반듯하게 앞으로 가버립니다. 그럼 지구는 태양에서 아주 멀어지겠지요. 하지만 태양이 안으로 끌어당기기에 태양 둘레를 빙글빙글 돌게 됩니다. 이처럼 하느님께서는 지구에는 관성을 주고, 태양에는 끌어당기는 힘을 주어서 지구가 멀리 도망가지 않고 똑같은 길로 태양 둘레를 돌도록 하셨습니다."

"성경에는 여호수아가 한 기도를 하느님께서 들어주어 태양이 멈추고, 달이 멈추었다는 말이 있네. 자네가 밝힌 그 법칙은 이 경우에 어떻게 되는가?"

내가 보기엔 딘젤 신부님이 진짜 궁금한 질문을 했다. 이 질문이 핵심이다. 이 질문에 제대로 답을 하면 살고 그렇지 못하면 죽는다. 긴장이 심해지자 나도 모르게 손에 땀이 났다.

"제가 밝힌 법칙에 따르면 그런 일은 말이 안 됩니다."

이런, 왜 저렇게 말씀하시지? 딘젤 신부님이 바라시는 대로 말해주면 될 텐데……, 위기다.

"지구가 잠깐이라도 멈춘다면, 아니 잠깐이라도 관성이 줄어든다면 지구는 곧바로 태양 쪽으로 끌려가버리고 맙니다."

딘젤 신부님 눈썹이 꿈틀거렸다.

"그렇지만,"

뉴턴 교수가 힘껏 말했다.

"하느님은 법칙 위에 계십니다. 하느님은 전지전능하시니 하시고자 하면 못하실 까닭이 없습니다."

다행이다 싶어 나는 속으로 가슴을 쓸어내렸지만, 딘젤 신부님 얼굴빛은 조금도 바뀌지 않았다.

"하나만 더 묻지. 자네가 이번 책에 만유인력이란 말을 썼다고 하던데, 그 만유인력이란 무엇인가?"

"모든 질량을 지닌 물질은 서로 끌어당긴다는 뜻입니다."

"모든 물질이 끌어당긴다?"

"그렇습니다. 물질끼리 끌어당기는 힘은 질량이 크면 클수록 커지고, 질량이 작으면 작을수록 줄어듭니다."

"……?"

"또한 물질끼리 끌어당기는 힘은 두 물질 사이가 멀면 멀수록 힘이 줄어들고, 가까우면 가까울수록 힘이 커집니다. 그런데 거리에 따라 그대로 힘이 줄거나 늘지 않고, 거리를 제곱한 값만큼 늘거나 줄어듭니다. 그러니까 거리가 두 배 멀어지면 힘은 네 배 줄고, 거리가 세 배 멀어지면 힘은 아홉 배 줄어들며, 거리가 다섯 배 멀어지면 힘은 스물다섯 배만큼 줄어듭니다. 이를 역제곱법칙이라고 합니다. 저는 만유인력 법칙을 바탕으로 태양계 둘레를 도는 행성들이 어떻게 도는지 설명해냈고, 달이 지구에 끼치는 영향도 밝혀냈습니다."

"그럼 그 만유인력이란 하늘에서만 작동하는 법칙인가?"

"아닙니다. 만유인력이란 말 그대로 모든 물질에 적용됩니다. 질량이 있는 모든 물질엔 만유인력이 적용됩니다. 따라서 하늘과 땅, 이 우주 모든 곳에 적용되는 법칙이 만유인력입니다."

그 말을 듣고 딘젤 신부님이 내렸던 총을 다시 치켜들었다. 긴장감이 갑작스럽게 올라갔다.

"그래, 처음 내 생각이 맞았어. 자네는 악마가 이끄는 길로 끌려가서, 하느님이 지으신 질서를 무너뜨리는 짓을 벌이려 해."

딘젤 신부님은 곧 총을 쏠 기세였다.

"자네 말대로라면 하늘과 땅이 똑같은 법칙에 지배당한다는 뜻이네. 하느님이 계신 하늘과 사람이 사는 땅이 어떻게 똑같은 법칙으로 움직인다는 말인가? 자네는 하늘 세계를 욕보였어. 하늘에 계신 하느님이 우리와 똑같은 법칙 아래서 산다는 생각을 사람들에게 퍼트리려고 해."

"이 세상 만물을 하느님이 지으셨으니 만물에도 같은 법칙이 적용되어야 하지 않습니까?"

뉴턴이 다급하게 따졌다.

"아니야, 그렇지 않아. 자네가 하느님을 믿는다는 말은 믿네. 그렇지만 자네가 하는 자연철학은 위험해. 지금은 하느님을 믿지만 한 걸음만 더 나가면 하느님이 없는 우주를 그려낼지도 모르지."

"그럴 리 없습니다!"

"자네 말이 맞을지도 모르넸네. 끝까지 신앙을 지킬 수도 있겠지. 그러나 자네가 말하는 자연철학을 읽은 사람들은 앞으로 하느님이 없는 세상을 상상하게 될지도 모르네. 아니, 틀림없이 그런 놈들이 나타날 걸세. 그래서 나는 자네를 없애야 하네. 아니 자네가 말하는 그 생각을 없애려 하네. 자네 생각과 책은 모두 사라져야 하네."

딘젤 신부님은 총을 고쳐 잡더니 의자에서 일어났다. 곧 총을 쏠 기세였다. 등에 식은땀이 흘렀다. 설핏 로잘린을 봤다. 걱정 한 점 없는 얼굴빛이었다. 왜 저럴까? 딘젤 신부님이 총을 쏘지 않으리라고 믿어서일까? 아니면 어떻게 할 방법이 없어서일까?

"다시 말하지만 자네 믿음은 나도 믿네. 그렇지만 자네가 하는 일은 하느님 질서를 무너뜨리기에 자네를 그대로 둘 수 없네. 내가 이 일로 지옥으로 가게 될지라도 후회는 없으니, 잘 가게."

딘젤 신부님은 왼손에 든 등잔 유리를 벗기려고 했다.

그대로 볼 수 없었다. 나는 발끝에 힘을 주었다. 발끝에 두툼한 책이 한 권 걸렸다. 발끝을 책 밑으로 집어넣은 뒤 딘젤 신부님이 등잔 유리를 벗기려고 눈길을 살짝 낮췄을 때 발을 쭉 뻗어서 책을 걷어찼다. 두툼한 책은 그대로 날아가 등잔에 부딪쳤고, 등잔은 문에 부딪친 뒤 바닥에 떨어졌다. 등잔을 감싼 유리는 제법 단단했는지 깨지지 않았고, 등잔불은 바닥에 떨어지면서 꺼졌다. 나는 발을 뻗은 기세를 몰아 딘젤 신부님 쪽으로 몸을 날렸다. 온몸으로 딘젤 신부를 덮치려고 했는데, 딘젤 신부님이 발을 쭉 뻗어서 나를 걷어찼다. 나는 옆구리를 얻어맞고 쓰러졌고, 딘젤 신부님은 총을 뉴턴 교수 쪽으로 겨누었다.

탕!

총소리가 울렸다.

끝이다. 뉴턴 교수가 총에 맞았다. 옆구리가 쑤셨지만 울컥 부아가 치밀어 다시 몸을 일으키려 했는데, 내 옆으로 딘젤 신부님이 털썩 쓰러졌다. 딘젤 신부님은 어깨를 붙잡고 괴로워했다. 가만히 보니 총은 바닥에 떨어졌고, 팔뚝은 피로 흥건했다. 총은 딘젤 신부님이 들고, 딘젤 신부님이 쏘았는데 어떻게 딘젤 신부님이 총에 맞았지? 땅을 짚고 몸을 일으킨 뒤에야 나는 어떤 일이 벌어졌는지 알아차렸다.

핼리 선생님 친구인 코메시 헤즐러가 총을 딘젤 신부님에게 겨눈 채 모습을 드러냈다. 헤즐러 씨가 어떻게 여기에 나타났지? 당장 물어보고 싶었지만 궁금증은 나중에 풀어야 했다. 헤즐러 씨는 바닥에 떨어진 총을 줍더니, 품에서 칼을 꺼내 로잘린에게 던졌다. 로잘린은 칼로 뉴턴 교수가 묶인 줄을 풀었고, 뉴턴 교수는 묶였던 의자에서 일어났다.

그때 문이 열리고 세 사람이 더 들어왔다. 두 사람은 신부 옷을 입었는데 처음 보는 사람들이었고, 나머지 한 사람은 핼리 선생님과 뉴턴 교수를 만날 때 본 적 있는 사람이었다. 케임브리지에서 꽤나 높은 자리에 있는 사람이라고만 기억날 뿐 이름이나 직위는 떠오르지 않았다. 딘젤 신부님은 문이 열리는 소리를 듣고 힘겹게 고개를 돌렸고, 그들이 누군지 알아본 뒤에는 심하게 얼굴을 찡그리고는 입술을 꽉 깨물었다.

로잘린은 바닥에서 두툼한 종이 뭉치를 집어 들더니 내 쪽으로 왔다.

"괜찮아?"

로잘린은 내 어깨를 짚으며 물었다.

"그럭저럭."

나는 싱긋 웃으며 대꾸했다. 로잘린이 빙그레 웃었다. 그 웃음에 얻어맞은 옆구리가 금방 나은 듯했다. 로잘린은 내 옆을 지나서 딘젤 신부님 쪽으로 갔다. 딘젤 신부님은 신부 두 사람 부축을 받아 일어서서 막 밖으로 끌려 나가는 참이었다.

"신부님!"

딘젤 신부를 부축하며 나가려던 두 신부가 멈췄다. 그들은 몸을 비틀어 딘젤 신부님이 로잘린을 보게 했다.

"신부님은 하느님이 만드신 질서를 지키려던 게 아니라 신부님이 맞는다고 생각하는 옛 생각을 지키려는 헛된 고집에 사로잡혔을 뿐입니다. 사람들은 익숙한 틀을 쉽게 깨지 못하죠. 틀이 깨지면 세상이 깨지고 모든 삶이 무너질지도 모른다는 걱정에 휩싸

여요. 그래서 새로운 물결이 일면 막으려고 몸부림치죠. 옛 생각이 틀리고 새로운 생각이 맞는다는 점이 확고하게 드러나도 옛 생각이라는 틀에 갇혀서 새로운 진리를 모른 척해요. 새로운 생각을 뒷받침하는 지식은 아무리 타당해도 받아들이지 않으면서, 스스로가 맞는다고 믿는 생각을 뒷받침하는 지식은 부풀려서 받아들여요. 그렇게 스스로 고집하는 믿음으로 거대한 성벽을 만들고 감옥을 키우죠."

로잘린은 말을 거침없이 쏟아냈다. 마치 오랫동안 이 말을 하려고 외우고 또 외운 듯 보였다.

"우린 오랜 세월 동안 옛 현인이 말했던 지식, 조상들이 물려준 생각이 다 맞는 줄 알고 믿고 따라왔어요. 우리가 아는 지식이, 우리가 따르는 믿음이 틀릴지도 모른다는 생각을 받아들이지 않았죠. 이제 새로운 시대가 열렸어요. 새로운 진리가 드러나면 낡은 생각은 과감하게 버리고 새로운 생각을 받아들이는 열린 시대가 되었어요. 제가 이제까지 옳다고 여겼던 지식과 믿음도 다를 수 있어요. 저는 그걸 받아들여요. 신부님은 자연철학을 악마에 견주셨지만, 제가 보기엔 아니에요. 자연철학은 새로운 진리를 열린 마음으로 받아들이고, 우리가 아직 모르는 진리를 파헤치려는 호기심 가득한 학문이에요. 열린 마음과 호기심은 악마에게 다가가는 길이 결코 아니에요. 열린 마음과 호기심은 사람이 더욱 멋진 존재가 되게 이끄는 힘이에요. 자연철학은 우리를 더욱 멋진 삶으로, 더욱 빛나는 존재로 만들어 주리라 믿어요."

로잘린은 손에 든 종이 뭉치를 딘젤 신부를 부축하지 않은 사람에게 건넸다. 종이 뭉치는 바로 프린키피아였다. 프린키피아에서 기름 냄새가 났다. 만약에 저기에 불이 붙었다면 뉴턴 뿐 아니라 우리 모두는 모조리 불에 타 죽었다. 불과 죽음, 떠올리기만 해도 끔찍했다. 그나저나 프린키피아 원고를 찾으려고 그 고생을 했는데 그냥 딘젤 신부에게 넘기다니, 뭐하는 짓인지 모르겠다.

"이 원고가 바로 프린키피아예요. 나중에 시간이 나면 읽어보세요. 읽고 나면 신부님 생각이 틀렸음이 드러나리라 믿어요."

"로잘린 그……."

프린키피아를 넘기지 말라고 로잘린에게 말하려는데 헤즐러 씨가 내 어깨를 툭 쳤다. 끼어들지 말라는 뜻이다.

"신부님은 옛 사람이고, 이젠 새로운 세상이에요. 우리 후손들은 1687년 7월 5일을 역사에 기록하고 기억할 거예요. 왜냐하면 내일, 프린키피아가 인쇄되어 세상에 나오거든요 프린키피아는 이제까지와 아주 다른 세상을 열어 줄 거예요."

프린키피아가 내일 나오다니, 프린키피아 원고는 여기 있는데, 겨우 다시 찾았는데, 내일 책이 되어 나온다니 도대체 어찌된 일인지 모르겠다.

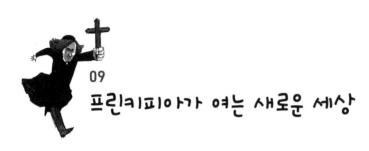

09
프린키피아가 여는 새로운 세상

1687년 7월 4일. 오후 11시.

딘젤 신부님은 세 사람이 데려갔고, 뉴턴 교수는 기름 냄새 나는 몸을 씻고 옷을 갈아입으러 다른 방으로 건너갔다. 로잘린과 나, 그리고 헤즐러 씨가 모여 어지러워진 방을 치웠다. 오늘 두 번씩이나 뒤통수를 맞고 쓰러진 조수도 같이 치우겠다고 했으나, 몸이 안 좋아 보여서 쉬라고 보냈다.

"도대체 어떻게 된 일인지 말해 줄래?"

로잘린에게 물었다.

"모두 핼리 외삼촌이 세운 계획이었어."

나도 얼추 그러리라고 어림했다.

"뉴턴 교수님이 만유인력을 밝히는 프린키피아를 쓴다는 이야기는 왕립학회 회원들은 다 알았어. 그런데 몇 달 전부터 안 좋은 소문이 들렸어. 뉴턴 교수님을 미워하는 사람들이 교수님을 노린 다는 소문이었어. 아주 은밀히 도는 소문이었는데 다들 헛소문이 라고만 여기고 흘려들었는데 핼리 외삼촌은 이 소문을 아주 심각 하게 생각하셨지. 그때부터 핼리 외삼촌은 뉴턴 교수를 노리는 사 람이 누군지 드러나지 않게 조사했고, 그럴 가능성이 있는 다섯 사람을 뽑았어."

어제 낮에 모였던 다섯 사람이 떠올랐다. 연금술사와 점성술사, 대학 교수와 자연철학을 싫어하는 신부님은 한 자리에 모이기엔 어울리지 않는 사람들이었다. 한 자리에 모이기 어색한 다섯 사람 을 왜 핼리 선생님이 모이게 했는지 궁금했는데 그런 까닭이 있어 서였다.

"핼리 외삼촌은 그 자리에 일부러 다섯 사람을 모이게 했고, 그 사람들 생각이 어떤지 일부러 건드려 보았지. 네가 지켜본 대로 다섯 사람은 뉴턴 교수님에게 나쁜 감정이나 관계임을 그대로 드 러냈고, 핼리 외삼촌은 다섯 사람이 뉴턴 교수님을 공격할 가능성 이 높다고 보았어."

"그럼 그때 온 뉴턴 교수님 편지는 가짜였어?"

"응, 가짜야. 핼리 외삼촌이 다섯 사람이 어떻게 움직이는지 보 려고 판 함정이었지."

"함정?"

"그래, 함정! 다섯 사람은 모두 뉴턴 교수님을 좋아하지 않거나, 뉴턴 교수님이 발표하려는 연구를 싫어해. 그들은 나중에라도 언제든지 뉴턴 교수님을 칠만한 사람들이야. 핼리 외삼촌은 이 다섯 사람 가운데 그냥 미워함을 넘어 뉴턴 교수님을 공격할 사람이 있다고 보았어. 누가 그럴지 알아내려고 가장 좋은 미끼를 던진 거야. 루이즈 경이 그걸 물었고…….."

"넌 이 계획을 미리 다 알았겠네."

"응, 처음엔 핼리 외삼촌이 직접 하려고 했지만 다섯 사람들과 관계를 생각했을 때 쉽지 않겠다고 여겨서 나한테 부탁을 했어. 나는 뉴턴 교수님도 좋아하고 혹 교수님도 좋아했기에 기꺼이 나서겠다고 했지. 핼리 외삼촌은 내가 여자라 어려운 점이 있을 거라면서 너를 끌어들이라고 했어. 그래서 그날 아침 교회에 일부러 나가서 너와 얼굴을 익혔지."

종이를 책상 위에 가지런히 놓고 바닥에 떨어진 책도 다시 책장에 꽂았다. 얼추 정리가 되었다. 더 가지런하게 치우고 싶었지만 밤이 깊었고, 무엇보다 몸이 정말 힘들었다.

"그나저나 헤즐러 선생님은 어떻게 여기에 오셨어요?"

쉬고는 싶었지만 궁금함은 다 풀어야 했다. 궁금함을 그대로 품은 채 잠들기는 무척 힘들기 때문이다.

"어제 다섯 사람보다 먼저 가서 핼리에게 말을 들었어. 핼리는 내가 원하는 모든 것을 여는 열쇠가 프린키피아에 담겼다고 했지.

그리고 그걸 막으려는 사람이 있는데, 그럴 만한 사람을 다섯 사람까지는 좁혔지만 누군지 정말 모르겠다고 했어. 그래서 계획을 세웠는데 그 계획은 로잘린이 말한 대로야. 핼리는 둘이 잘하겠지만 혹시라도 로잘린과 너한테 무슨 일이 생길 수도 있다면서 나에게 부탁을 했어. 둘을 잘 보호해달라고. 너희들은 몰랐겠지만 너희들이 돌아다닐 때 우리 쪽 사람들이 너희를 쭉 지켜봤단다. 그리고 핼리는 만에 하나 프린키피아를 노리는 사람이 뉴턴 교수님을 노릴지도 모른다면서 나에게 뉴턴 교수님을 지켜달라고 했어. 그래서 그날 사람들을 곳곳에 배치하고, 나는 이곳으로 내려와 뉴턴 교수님을 지켰지."

"뉴턴 교수님도 이 일을 다 아셨나요?"

"아니. 말 하지 않았어. 괜히 불안하게 만들 까닭이 없었거든. 뉴턴 교수님은 연구실에서 빠져 나와 집으로 왔고, 나도 따라 움직였어. 집에 와서 잠깐 기다리는 새에 낯선 마차가 멀리서 멈추는 소리를 들었지. 마차에서 딘젤 신부님이 내렸는데, 나는 딘젤 신부를 보자마자 어떤 일을 꾸밀지 알아차렸어. 그래서 옆에 있는 직원을 몰래 보내서 이 지역에서 이름 높은 신부님과 케임브리지 대학 부총장님을 모셔오라고 했지. 나는 집으로 몰래 들어가 뉴턴 교수님을 지켰어. 가만히 숨어서 지키는데 딘젤 신부가 총을 들고 들어와 뉴턴을 위협하더니 의자에 앉히고는 묶었어. 나는 뉴턴 교수님이 일을 당할지도 모른다고 여기고 곧바로 딘젤 신부를 제압

하려 했는데, 딘젤 신부가 뉴턴 교수님 옆에 종이를 쌓는 모습을 보면서 마녀화형식처럼 일을 벌이려는 걸 알았지. 그래서 일부러 숨어서 지켜봤어. 위급한 상황이 오면 나서고, 일단 화형식을 할 때까지 시간이 있다고 판단했고, 되도록 내가 부른 사람들이 와서 목격자가 되어 주어야 했거든. 딘젤 신부처럼 높은 사람을 빼도 박도 못하게 옭아매려면 높은 사람들이 목격자가 되어야 하니까. 딘젤 신부가 벌이는 짓을 몰래 숨어서 지켜보는데 유리창이 깨지는 소리가 났고 너희들이 들어왔어. 딘젤 신부는 잠깐 몸을 숨기더니 너희들이 들어오자마자 다시 나타났고, 그 뒤는 너희들이 겪은 그대로야."

이제야 일이 어떻게 돌아갔는지 알만했다.

"로잘린, 너는 헤즐러 선생님이 이곳에 계신 걸 미리 다 알았어?"

딘젤 신부가 총을 겨누고 불에 태워 죽이려고 위협할 때 로잘린이 아주 침착했던 모습이 떠올라서 로잘린에게 물었다.

"아니, 몰랐어."

"그런데 어떻게 그렇게 침착했어? 딘젤 신부님이 총을 겨누고, 뉴턴 교수님이 설득에 실패한 뒤에 딘젤 신부님이 뉴턴 교수님을 죽이려 하는데도 얼굴빛 하나 바뀌지 않던데? 헤즐러 선생님이 계시는지 모르는데 어떻게 그 정도로 침착할 수가 있어?"

"이 방에 들어오기 전까지는 몰랐지만, 이 방에 들어오자마자 알아챘지. 나는 헤즐러 아저씨가 풍기는 향수 냄새를 잘 알아. 헤즐러 아저씨는 인도에서만 나는 아주 고급 향수를 즐겨 쓰서. 아저씨가 가끔 우리집에 오시는데 그 때마다 그 향수 냄새가 코를 즐겁게 했어. 이 방에 들어오자마자 향수 냄새가 났고, 대충 어떻게 일이 돌아가는지 알아챘지. 그래서 긴장하지 않고 느긋하게 지켜봤어."

아무리 봐도 로잘린은 정말 대단하다. 그 긴박한 상황에서 향수 냄새를 맡고, 향수 주인이 누군지 헤아린 뒤에, 일이 어떻게 됐는지 어림하다니……, 나라면 꿈도 꾸지 못할 침착함이었다. 내 궁금증은 이제 하나 남았다. 바로 프린키피아 원고였다. 이쯤 되니 대충 어떻게 됐는지 알만했지만 그래도 물어보았다.

"그럼 프린키피아 원고는 어떻게 된 거죠??"

"이미 넘겨받은 지 꽤 됐고, 책으로 다 만들어서 내일 낮에 왕립학회 정기모임에서 발표할 거야. 핼리는 뉴턴에게 연락해서 똑같은 원고를 두 개 만들어 달라고 했고, 하나는 미리 받아서 책을 만들었어. 책은 어제 아침에 다 만들어서 핼리 집에 이미 가져다 두고, 둘째 원고는 너희들에게 오늘 아침에 내어 주라고 했어. 그게 바로 미끼였는데, 뜻밖에도 미끼를 두 사람이나 물었고, 그 덕분에 핼리가 걱정하던 일이 모두 사라졌지. 앞으로 뉴턴 교수님을 위협할 사람이 사라졌으니까 핼리가 이루려던 목표는 완벽하게 성공한 셈이지."

헤즐러 선생님이 답했다.

"저와 로잘린이 프린키피아 원고를 나르는 일은 그야말로 미끼였군요."

입맛이 씁쓸했다. 겨우 미끼 노릇에 온 힘을 다 바쳤다고 생각하니 빈 하늘에 주먹질을 한 듯 허탈했다.

"그냥 미끼가 아니었어."

로잘린이 내 어깨를 다독였다.

"뉴턴 교수님을 지키려는, 아니 인류가 만들어 갈 거룩한 길을 지키는 수비대장 노릇을 네가 했어. 그 일은 결코 가볍지도 않았고, 미끼는 더더욱 아니었어. 마지막에 네가 몸을 날려 뉴턴 교수님을 지키려고 한 모습은 그야말로 영웅이었고."

로잘린이 나를 추켜세웠다.

위로하려고 띄우는 말인 줄 알면서도 울적한 기분이 조금 풀렸다. 로잘린은 어떤 상황에서도 사람을 기쁘게 하는 재주가 있다.

"로잘린 말이 맞아. 너는 영웅이었고, 아주 멋졌어. 내일 왕립학회에서 뉴턴 교수님이 새로운 세상을 여는 멋진 책이 태어났음을 알리는 강연을 하는데, 그 강연이 열리게 된 데는 네 공이 아주 커! 너는 새로운 세상을 여는데 큰 기여를 했어. 그러니 영웅이고 말고!"

두 사람이 입을 맞춰 추켜세우니 꼬이고 섭섭했던 기분이 모두 풀렸다. 미끼로 던져져 하지 않아도 될 고생만 하고 다녔다고 생각했는데, 그렇지 않았다. 나는 멋진 일을 했다. 물론 로잘린은 나보다 더 멋졌다. 나는 흐뭇한 마음으로 쉬러 들어갔다. 힘든 하루를 보내서인지 방에 들어가자마자 곯아떨어졌다.

* * *

1687년 7월 5일, 아침.

우리는 하룻밤을 뉴턴 교수 집에서 보낸 뒤 다 함께 집을 나섰다. 헤즐러 씨 밑에서 일하는 사람이 마차를 몰고, 헤즐러 씨와 뉴턴 교수, 로잘린과 나는 마차 뒤에 편안히 앉아 갔다. 내가 몰았던 마차는 헤즐러 씨 직원이 핼리 선생님 댁으로 끌어다 주기로 했다.

로잘린은 늘 만나고 싶던 뉴턴 교수를 만나자 정말 신나했다. 끊임없이 물음을 쏟아냈고, 뉴턴 교수는 얇게 웃으면 자세히 답해 주었다. 내가 아는 뉴턴 교수는 웃지도 않고, 사람들과 말도 잘 섞지 않았는데, 로잘린은 그런 뉴턴 교수마저 쾌활한 사람으로 바꿔 놓았다.

"버클리 교수는 데카르트를 엄청 떠받들어요. 데카르트가 뛰어난 이성으로 우주가 움직이는 근본원리를 다 밝혀냈다고 믿어요. 교수님은 데카르트를 어떻게 보세요?"

뉴턴이 프린키피아를 펴내면 박살내주겠다던 버클리 교수 말이 떠올랐다.

"거인이지. 내가 데카르트를 우러러보는 점은 바로 수학 때문이야. 데카르트는 '모든 물리 현상은 기하학으로 나타낼 수 있다'고 했어. 즉 수학으로 온 누리에서 벌어지는 일과 모습을 다 나타낼 수 있다는 말이야. 정말 멋진 생각이지. 그렇지만 데카르트는 생각으로만 우주를 밝히려고 했어. 수학으로 모두 나타낼 수 있다고 했으면서, 우주를 수학이 아니라 말로 풀어내려고 했지. 데카르트는 스스로 말한 바를 제대로 지키지 못했어. 그렇지만 나는 처음부터 끝까지 우주를 지배하는 근본 운동 원리를 모두 수학으로 나타냈어."

뉴턴 교수는 데카르트가 지닌 한계를 제대로 짚었다. 아무래도 버클리 교수가 장담한 대로 되지는 않을 성 싶었다.

"우주 운동 원리를 모두 수학으로 나타낼 수 있는지 정말 궁금해요. 그게 어떻게 가능해요?"

"기존 수학으로는 안 돼지. 그래서 내가 유율법(Method of Fluxions - 오늘날엔 유율법을 미적분법이라 부르므로, 앞으로 유율법은 미적분법으로 쓰겠다)을 만들어냈고, 이를 바탕으로 프린키피아를 쓴 거라네."

미적분법(유율법), 내가 핼리 선생님께 배운 수학 가운데 가장 어려운 내용이었다. 아마 핼리 선생님은 뉴턴 교수에게 미적분법을 배운 모양이었다.

"저도 핼리 선생님께 미적분법을 조금 배웠어요. 그런데 정말 어려웠어요. 아무리 공부해도 제대로 알기 어려웠어요."

"미적분이 쉽진 않아. 하지만 미적분을 알면 데카르트 말처럼 모든 자연현상을 수학으로 나타내는 도구를 움켜쥐게 되지. 그러니 미적분을 꼭 제대로 배우길 바라네."

"너, 벌써 미적분을 배웠어? 와 멋지다."

로잘린이 눈을 동그랗게 뜨고 나를 부러워했다. 은근히 자부심이 생겼다.

"그런데 교수님, 도대체 미적분이 뭐기에 모든 자연현상을 수학으로 나타낼 수 있어요?"

로잘린이 뉴턴 교수에게 물었다.

"우리가 사는 자연에 있는 물체는 움직이거나 움직이지 않아. 움직이지 않는 물체를 수학으로 나타내기는 아주 쉽지. 그거야 옛날부터 해 온 거라네. 그러나 움직이는 물체를 수학으로 나타내기는 아주 어려워. 우리가 사는 세상은 끊임없이 움직이기 때문에 움직임을 수학으로 나타내야 세상을 모두 수학으로 표현할 수 있게 돼. 이 마차를 봐. 우리가 타고 달리는 마차는 끊임없이 움직이지 않는가. 같은 속도로 달리는 듯 보이지만 말이 달리는 속도는 끊임없이 바뀌지. 마차가 달리는 속도가 쭉 쌓이고 쌓이면 움직이는 거리가 나와. 움직임, 그리고 움직임이 일으킨 결과를 수학으로 나타내는 방법이 바로 미적분이야. 미적분은 운동법칙을 밝히는 수학이므로, 태양을 중심으로 도는 행성운동법칙을 밝히는데 미적분법이 아니면 안 돼."

"도대체 어떤 방법으로 운동을 숫자로 나타내요?"

"우리가 마차를 타고 달리고 있지. 그렇다면 이 마차가 달리는 속도는 뭘까?"

뉴턴 교수가 로잘린에게 물었다.

"마차 속도는…… 말이 달리는 빠르기죠."

"어떻게 구할까?"

"거리를 시간으로 나누면 되죠. 100마일을 1시간에 달리면 한 시간에 100마일을 달리는 속도죠."

"맞아. 아주 똑똑하네. 그러면 지금 이 순간 이 마차 속도는 어떻게 나타낼 수 있지?"

질문을 받은 로잘린은 한참 고민했지만 답을 하지 못했다.

"모르겠어요."

"지금 이 순간 이 마차 속도는 위치가 바뀌는 정도야. 위치가 아주 짧은 시간에 바뀌는 정도가 바로 속도지. 그걸 구하는 수학이 바로 미분이야. 그 반대로 주어진 시간 동안 이동한 거리는 위치가 변화하는 양을 다 더하면 돼. 그걸 구하는 수학이 바로 적분이라네. 그러니까 미분을 거꾸로 하면 적분이 되고, 적분을 거꾸로 하면 미분이 돼."

"아! 정말 놀라워요."

로잘린이 감탄하자 뉴턴 교수는 아주 활짝 웃었다. 뉴턴 교수를 아는 사람들이 저 모습을 보았다면 뉴턴 교수가 정신이 어떻게 되었다고 걱정했을지도 모른다. 핼리 선생님이 '뉴턴 교수는 늘 연구에 빠져 지내느라 웃지 않는다'는 말을 할 정도였으니까. 그런 뉴턴이 로잘린과 이야기하면서 끊임없이 웃었다.

"프린키!"

뉴턴 교수가 날 불렀다.

"자네 힘은 어느 정도인가?"

"힘이요?"

나는 뭐라고 말해야 좋을지 몰라 망설이다가 겨우 답했다.

"애들보다는 세지만 선원들보다는 약합니다."

"견주지 말고 말해보게."

나는 말문이 막혔다.

힘이 어느 정도인지 도대체 어떻게 말한단 말인가? 그냥 다른 사람보다 세거나 약하다고 할 수밖에 없지 않은가? 아무리 머리를 굴려도 힘이 어느 정도인지 견주지 않고 나타낼 방법은 없어 보였다.

"속도가 바뀌는 정도를 가속도라고 불러. 가속도는 속도가 변화하는 양인데, 그렇다면 속도는 왜 변할까? 그건 바로 힘이 더해지기 때문이야. 힘이 더해지지 않으면 속도가 바뀌지 않아. 이는 갈릴레오 갈릴레이가 밝혀냈지. 따라서 힘은 같은 속도로 운동하는 물체에 속도를 변화하게 하는 원천이야. 그런데 물체가 지닌 질량은 속도를 높이는 데 방해가 되지. 이걸 반비례한다고 해. 그러므로 가속도는 힘에 비례하고, 질량에 반비례하지. 따라서 힘은 질량에 가속도를 곱한 값(F=ma, F=힘, m=질량, a=가속도)이 되지."

"아! 그러면 힘을 숫자로 나타낼 수 있군요?"

"그렇지! 힘은 속도를 변화시키는 원천이야! 즉 가속도를 만들어내는 원천이 바로 힘이야. 힘을 이렇게 정의하고 나면, 모든 힘은 수학으로 나타낼 수 있고, 미적분을 쓰면 가속도와 힘이 얼마나 되는지 정확히 구할 수 있어. 이제 우리가 접하는 모든 세상은 미적분 덕택에 수학으로 모두 나타낼 수 있게 되었다네. 수학은 신이 주신 선물이야. 미신과 신비함 뒤에 가려진 법칙을 환하게 드러나게 해주는 태양과 같은 지혜가 바로 수학이야. 앞으로 수학이 사람들이 알고 싶었지만 몰랐던, 자연에 감춰진 비밀을 밝혀줄 거야. 데카르트가 한 말은 내가 미적분을 만들기 전까지는 일부만 옳았지만, 내 미적분이 나온 뒤론 완전하게 맞아. 내가 데카르트가 했던 생각을 완성했어!"

뉴턴 교수 말에서 엄청난 자신감이 뿜어져 나왔다. 스스로가 어떤 일을 이루었는지 확신하는 사람만 뿜어낼 수 있는 자신감이었다.

"만유인력도 미적분으로 알아내신 모양이네요."

"그럼! 핼리가 했던 질문, 케플러 법칙과 역제곱법칙이 어떻게 관련되는지를 풀려면 미적분법을 써야했어. 그 문제는 내가 옛날에 이미 풀었던 문제라 간단하게 풀어서 주려고 했는데, 그냥 간단히 답만 해주기엔 아쉬워서 아예 책을 쓰기로 했지. 그렇게 해서 나온 책이 프린키피아야."

그때 훅 교수가 했던 이야기가 떠올랐다. 훅 교수와 뉴턴 교수 사이가 안 좋다는 점을 알기에 물어보지 말까 하다가 지나치게 자신감 넘치는 모습이 거슬려서 일부러 물어보았다. 어쩌면 나는 질투를 하는지도 몰랐다. 로잘린이 뉴턴 교수를 바라보는 눈빛이 보기 싫었다.

"훅 교수님은 중력과 역제곱법칙을 자신이 먼저 말했다고 하셨어요. 훅 교수님이 먼저 발견해서 뉴턴 교수님께 알려주었다고."

"훅 교수가? 먼저? 내 참, 어이가 없어서. 행성끼리 끌어당긴다는 생각, 지구가 태양을 돌려면 끌어당기는 힘이 있어야 한다는 생각, 빛이 거리 제곱에 반비례하니 행성끼리 끌어당기는 힘도 거리 제곱에 반비례하리라는 생각은 다들 했어. 훅이 먼저 말했다고 하나 그건 그냥 남들과 엇비슷한 생각이었을 뿐이야. 말 그대로 그냥 생각이었지. 내가 수학을 써서 만유인력을 계산하고, 케플러 법칙이 왜 맞는지 설명하고, 썰물과 밀물이 왜 여섯 시간마다 교차하면서 일어나는지, 달이 왜 지금과 같이 움직이는지 모두 설명해냈어. 물론 앞으로 어떻게 운동하게 될지도 예측하였고, 그 예측은 정확하게 들어맞을 거야."

"그래도 훅 교수님이 꽤나 큰 기여를 하지 않았나요?"

나는 심술이 나서 일부러 또 물었다.

"기여라니, 홍! 그 따위 생각이야 다 하는 거라니까. 혹은 실험은 잘해. 그러나 수학은 정말 꽝이지. 자연철학은 곧 수학이야. 수학을 잘 모르는 혹은 만유인력이나 중력, 역제곱법칙을 말로 할수는 있지만 그게 왜 맞는지, 어떻게 돌아가는지 하나도 몰라. 수학으로 증명하지 못하면서 말로만 만유인력이니 중력이니 따위를 주장해 봐야 쓸 데가 없어. 증명이 없으면 자연철학이 아니야. 만유인력과 중력을 수학으로 증명해내지 못하면 만유인력은 데카르트가 통공이니 와동이니 하면서 머릿속으로 떠올렸던 이론과 하나도 다를 바가 없어."

뉴턴은 나를 잡아먹을 듯이 노려보았고, 목소리도 점점 커졌다.

"거듭 말하지만 자연철학은 수학이 알맹이야. 마차를 말이 끌듯이 자연철학은 수학이 이끌어."

아무래도 혹 교수 말로만 해서는 뉴턴 교수를 이기기 힘들어 보였다. 그래서 나는 버클리 교수가 했던 말을 떠올리고는 다시 질문을 했다.

"버클리 교수님은 태양이나 지구가 끌어당기는 성질이 있다는 말을 비웃었어요. 태양이 거대한 빈 공간을 거쳐 지구를 끌어당기고, 지구가 달을 끌어당기고, 달이 바닷물을 끌어당기는 힘이 있다는 말을 믿지 않았어요. 자연철학으로 마법과 미신을 없앴는데, 자연철학을 한다면서 다시 마법을 끌어와서 쓴다고 비판했어요.

마법이 아니라면, 도대체 만유인력이 왜 있죠?"

　뉴턴은 내 질문을 받더니 잠깐 고심에 빠졌다. 나는 제대로 허점을 파고들었다고 생각했다.

　"열이 왜 있는지 우리는 아직 정확히 몰라. 왜 빛이 있는지도 모르지. 그러나 열을 수학으로 나타낼 수 있고, 빛도 수학으로 나타낼 수 있어. 마찬가지로 만유인력이 왜 있는지 나는 모르지만 물질과 물질이 끌어당기는 힘을 수학으로 나타낼 수는 있어. 중력이 어떤 이유로 생기는지는 모르나 중력이 작동한다는 사실은 뚜렷하며, 중력을 계산하면 우리가 관측한 모든 결과에 딱딱 들어맞아. 그러면 힘이 있다고 봐야 하며, 그 법칙이 자연계를 지배한다고 봐야 해. 그게 데카르트가 말한 이성으로 판단한 올바른 결과지. 모두 맞아 떨어지는데 옳지 않다고 주장할 근거는 없어."

　나는 그냥 넘어갈 수 없었다. 왜 그런지도 모르면서 수학 계산이 들어맞는다고 중력과 만유인력이 있다고 해야 할까? 그렇게 끝내도 될까? 진짜 원인을 모른다면 그 원인을 파헤쳐야 하지 않을까? 옛날에는 잘 모르면 그냥 마법이라고 하고, 신이 그렇게 했다고 여기고 말았다. 신과 마법을 끌어들이면 더는 할 말이 없어진다. 더 파고들어 연구하고 탐구할 까닭도 사라진다. 신이 그렇다는데 더 연구를 할 까닭이 없다. 그러나 자연철학은 다르다. 자연철학은 신이 아니라 자연 안에서 그 원인과 법칙을 찾아낸다. 자연철학이 지닌 힘이요 매력이다.

내 생각엔 뉴턴 교수가 한 대답은 신과 마법에 원인을 돌려버렸던 옛 사람들 생각과 다를 바 없었다. 물론 뉴턴 교수와 옛 사람들이 아주 결이 다르다는 점은 알지만 내 속이 뒤틀려서 괜히 트집을 잡고 싶었다.

내가 더 따지고 들려는데 로잘린이 내 옆에 바짝 붙더니 내 손을 꼭 쥐었다. 손으로 전해오는 부드러움과 따스함에 머리가 멍해지면서 가슴이 미친 듯이 뛰었다. 머리가 하얗게 바뀌면서 아무 생각이 나지 않았다. 나는 더는 질문을 이어가지 못했다.

"케플러는 큰 배를 타고 달로 여행하는 상상을 했대요. 달로 배를 타고 가는 여행이라니. 멋지지 않아요?"

로잘린이 말머리를 돌렸다.

딱딱하게 굳어가던 뉴턴 교수 얼굴이 빠르게 펴졌다.

"당장은 아니지만 못 갈 까닭도 없지. 내 생각엔 지구 바깥에 달처럼 빙글빙글 도는 물체를 올려놓을 수도 있어."

"정말요?"

로잘린이 들뜬 목소리로 말하며 내 손을 놓았다. 내 손은 안타깝게 의자 위를 헤맸다.

"지구가 끌어당기는 힘과 물체가 앞으로 나아가려는 힘이 균형을 이루게 하면 물체는 달처럼 지구를 빙글빙글 돌게 될 거야. 물론 지구 중력을 이겨내고 지구 밖으로 내보낼 만큼 가속도를 줘야 해. 그런 기술을 만들어내기만 한다면 수없이 많은 물체를 지구 밖으로 내보내서 달처럼 돌게 만들 수 있어."

"놀라워요. 그런 일이 가능하다니. 꿈만 같아요."

로잘린이 몽롱한 꿈결에서 솜털구름처럼 속삭였다.

"로잘린!"

그때까지 가만히 듣기만 하던 헤즐러 씨가 끼어들었다.

"언젠가 저 하늘 위로 올라가 물체가 지구를 돌게 하고, 달까지 배를 타고 갈지도 모르지만, 지금은 대서양과 인도양을 제대로 건너는 일이 먼저야. 나는 무역을 하는 사람이고, 내 직원들은 배를 타고 대서양과 인도양을 넘나들어. 그때마다 제대로 뱃길을 잡을 기술이 없어서 고생을 했는데, 프린키피아가 그 길을 열어줄 거라 생각하니 정말 든든해. 옛날 자연철학은 그저 말뿐이어서, 말은 그럴 듯했지만 써먹을 데가 없었지. 기술은 기술자들끼리 힘겹게 키워왔어. 뉴턴 교수님이 프린키피아에서 내놓은 원리와 방법들이 이 세상을 그 밑 뿌리부터 바꿔놓을 거야. 프린키피아는 큰 디딤돌이지. 이제 이 디딤돌을 딛고 새로운 자연철학과 기술들이 눈부시게 발전하고, 사람들이 사는 모습은 이제까지와 완전히 달라질 거야."

로잘린은 먼 미래를 보았다면 헤즐러 씨는 바로 앞을 보았다. 바라보는 때는 달랐지만 둘 다 프린키피아가 열어 줄 멋진 미래를 내다보았다. 나는 프린키피아가 어떻게 해서 그런 멋진 미래를 열어젖히는 디딤돌이 되는지 다 헤아리기 어려웠지만 어렴풋하게 전혀 다른 세상이 펼쳐지리란 점은 알아차렸다.

"기술만 달라지진 않을 거예요. 앞으로 사람들은 생각하는 방법이 바뀔 거예요. 경험과 관찰, 실험으로 진실을 찾고, 수학으로 올바름을 증명하는 사고방식은 미신과 마법, 말만 앞세우는 주장을 몰아낼 거예요. 이제 사람들은 무엇이 옳고 무엇이 그른지 보는 눈이 생겼고, 삶을 더 효율 높게 꾸릴 길을 알게 되었어요. 그야말로 혁명이에요. 코페르니쿠스가 오랜 세월 믿어온 천동설을 뒤엎고 지동설을 내세워 혁명을 시작했다면 뉴턴 교수님이 마침내 그 혁명을 완성했어요."

로잘린은 정말 똑똑했다. 진리를 알고 싶은 열망도 그 누구보다 높았다. 로잘린이 남자라면 어쩌면 뉴턴 교수 뒤를 이어 엄청난 일을 이룰지도 모른다. 그렇지만 로잘린은 여자다. 로잘린이 여자란 점이 무엇보다 마음에 걸렸다. 저렇게 재주도 좋고 꿈도 높은데 여자이기에 제대로 제 뜻을 펼치지 못하다니, 가슴이 아팠다. 그러나 나는 내 마음 속 걱정을 겉으로 드러내지 않았다.

* * *

런던에 온 우리는 핼리 선생님 댁에 들러서 점심을 먹고 곧바로 왕립학회로 갔다. 나와 로잘린, 헤즐러 씨는 왕립학회 안으로 들어갈 수 없었다. 그 대신 나와 로잘린 손에는 아주 두툼한 책 세 권이 주어졌다. 책 제목은 Philosophiae Naturalis Principia Mathematica였다. 우린 이 책을 Principia라 줄여 부른다. 1687년 7월 5일, 『자연철학의 수학적 원리』가 세상에 나왔고, 인류는 세상을 보는 새로운 눈을 얻게 되었다.

핼리, 50년 뒤를 내다보다

나는 프린키피아가 나온 뒤 몇 해 동안 핼리 선생님 댁에 머물며 천문학과 수학을 배웠다. 부지런히 배웠고 프린키피아에 실린 수학을 다 헤아릴 만큼 재주가 늘긴 했지만 더는 나아가지 못했다. 배우긴 잘 했지만 새롭게 만들고 연구할 힘이 내겐 없었다. 그냥 우수한 학생일 뿐이었다. 내겐 자연철학보다 무역이 더 잘 맞았다. 나는 헤즐러 씨와 함께 전 세계를 누비며 무역을 했다. 무역을 할 때 자연철학은 아주 쓸모가 많았다. 헤즐러 씨 말이 맞았다.

자연철학은 배를 몰고, 장사를 하는데 엄청나게 큰 도움이 되었다. 자연철학은 대포와 총을 더 강력하게 만들었고, 배를 더 튼튼하게 했으며, 더 먼 바다를 빠르게 다닐 수 있게 해주었다. 내가 아는 지식은 내게 큰돈을 벌게 해주었다. 옛날에는 지식이 사람들 사이에서 잘난 척하거나 말싸움에서 이기는 데만 쓰는 도구였지만, 이제 지식은 곧 돈이었다. 나는 세계 곳곳을 돌아다니며 많이 배우고, 세심하게 관찰하고, 꼼꼼하게 적바림했다. 내 호기심은 세계를 누비면 누빌수록 커졌다. 궁금증은 날로 늘었고, 지식은 늘 새롭게 쌓여갔다. 헤즐러 씨가 내다본 앞날은 맞았다. 프린키피아는 새로운 세상을 열었다.

헤즐러 씨는 맞았지만 마이어 씨가 본 내 점은 틀렸다. 마이어 씨는 내가 학문을 하면 좋고, 사람들과 경쟁을 하거나 거칠고 낯선 사람들을 만나는 일은 피하라고 했다. 그런데 나는 학문을 그만두고 무역에 뛰어들었고, 다른 상인들과 경쟁을 하고, 낯선 사람들을 아주 많이 만났다. 내가 무역을 해서 크게 돈을 벌었고, 삶도 즐거우니 마이어 씨가 봤던 점은 틀렸다. 상인인 헤즐러 씨가 점성술사인 마이어 씨보다 앞날을 더 정확히 예측했다.

로잘린은 내 걱정대로 큰 벽에 부딪쳤다. 로잘린이 넘기에 그 벽은 너무나 컸다. 프린키피아가 큰 벽을 하나 무너뜨렸지만 모든 벽을 무너뜨리진 못했다. 언젠가 사회가 여자 자연철학자를 받아들일지 모르지만 아직은 아니었다. 가끔 로잘린을 만났는데 그때마다 로잘린은 처음 봤을 때 생기를 잃어갔다. 가슴이 찢어지는 듯했다. 나는 로잘린에게 영국에 머물면서 아파하지 말고 나와 같이 돌아다니자고 했다. 로잘린은 내 제안을 받아들였다. 우린 같이 다녔고, 결혼도 했다. 세계 곳곳을 다니면서 로잘린은 힘을 얻었고, 영국으로 돌아온 뒤에는 다시 자연철학에 빠져들었다.

로잘린은 꾸준히 연구를 했다. 훅 교수에게 말했던 대로 로잘린은 큰 세상보다 작은 세상을 파고들었다. 로잘린은 멋진 발견도 많이 하고, 새로운 학설도 세웠다. 그러나 로잘린이란 이름으로 발표하지는 않았다. 로잘린이 한 연구를 발표할 때마다 많은 사람들이 놀라워했다. 그러나 로잘린과 나, 이름을 빌려준 사람을 빼고는 그 누구도 로잘린이 한 연구인지 몰랐다. 로잘린은 베일 뒤에서 지냈지만, 누구보다 기쁘게 삶을 즐겼다. 로잘린은 이름이 알려지기를 바라지 않았다. 그저 자연에 감춰진 진리를 찾아나가는 삶을 즐거워했다. 로잘린은 웃음을 되찾았고, 나는 로잘린과 함께 하는 삶이 즐거웠다.

버클리 교수는 프린키피아가 나오자 격렬하게 맞서 싸웠지만 얼마 지나지 않아 프린키피아가 옳음을 받아들였고, 그 뒤에는 그 누구보다 열렬하게 뉴턴을 따르는 사람이 되었다. 훅 교수는 뉴턴에 맞섰지만 뉴턴과 맞서기엔 힘이 부쳤다. 뉴턴은 프린키피아를 쓴 공으로 '경' 칭호를 받았고, 그 누구도 건드릴 수 없는 지위에 올랐다. 마이어 씨는 죽는 날까지 점성술사로 살았다. 루이즈 경은 도둑질을 한 뒤에 더는 연금술을 할 도덕성을 갖추지 못했다고 자책하며 연금술 연구를 그만두고, 정치에 뛰어들어 아주 부지런히 활동했다. 딘젤 신부님은 외딴 섬에 있는 수도원에 들어가서 죽을 때까지 나오지 않았다. 나는 수도원을 찾아가 딱 한 번 딘젤 신부님을 뵈었는데, 딘젤 신부님은 여전히 프린키피아를 미워하는 감정을 숨기지 않으셨다.

"딘젤 신부님이 그토록 싫어하던 호기심이 나이가 먹으면서 줄어들 줄 알았는데, 그렇지 않네요."

내가 이렇게 말씀드렸더니 딘젤 신부님은 쓸쓸하게 웃으셨다. 그 웃음이 내가 본 마지막 딘젤 신부님 얼굴이었다.

딘젤 신부님이 했던 걱정은 현실로 나타났다. 딘젤 신부님은 프린키피아가 나오면 신이 없는 우주, 신 없는 세상을 생각하는 사람이 나타날 거라고 했는데 진짜 그런 사람들이 나타났다. 그들은 신이 없이 기계처럼 완벽하게 돌아가는 우주를 생각했다. 물론 그런 사람은 아주 적은 숫자였지만 그런 사람이 얼마나 많이 늘어날지는 알 수 없는 노릇이었다.

나는 많이 겪으면 겪을수록, 배우면 배울수록 내가 정말 많이 모른다는 점을 깨달았다. 많이 알게 되었지만 알면 알수록 더 많이 모르는 게 드러났다. 내가 모르는 걸 누군가에게 물어도 그 답이 정확하지 않다는 걸 안다. 이미 아는 것들, 진리라고 믿는 것이 진리가 아닐 가능성은 언제든 있다. 관찰, 실험, 수학이야말로 자연철학이다. 아니, 요즘 사람들은 자연철학을 과학이라고 부른다. 나는 과학이 지닌 힘을 믿는다. 물론 신도 믿는다. 나는 과학과 신이 서로 부딪친다고 여기진 않는다. 신이 없이 돌아가는 세상은 내겐 지독한 불안감만 줄 뿐이다.

핼리 선생님은 꾸준히 천문학을 연구하며 활동했고, 옥스퍼드 대학 교수도 되었고 그리니치 천문대 대장으로도 활동했다. 핼리 선생님은 내가 아주 어릴 때 봤던 그 혜성이 1758년에 다시 나타나리라고 예언했다. 아주 어린 시절 나는 혜성에 호기심을 품었다가 어머니에게 꾸지람을 듣고 난 뒤로 혜성을 아주 무서워했다. 나중에 핼리 선생님을 만나고 난 뒤에 혜성이 그냥 하늘을 떠도는 별일뿐 이라는 이야기를 들은 뒤에도 어릴 때 받은 충격이 워낙 커서 마음 구석엔 불안감이 사라지지 않았다.

"프린키, 네가 어릴 때 봤던 혜성이 나타났을 때 자연철학자들은 태양이 혜성을 끌어당기는 힘과 밀어내는 힘이 있어서, 처음엔 끌 어당겼다가 나중엔 밀어낸다고 생각했어. 혜성이 직선으로 태양 쪽 으로 가다가 시간이 지난 뒤엔 반대쪽 직선 방향으로 움직였기 때 문이지. 물론 뉴턴 경이 프린키피아에서 밝힌 바에 따르면 전혀 아 니야. 그때 나타났던 혜성은 아주 큰 타원 운동을 한 탓에 지구에 서 보기에 그냥 직선으로 갔다가 돌아오는 듯 보였을 뿐이야. 내가 어릴 때 보았던 혜성은 1531년과 1607년에도 나타났던 바로 그 혜 성이었어. 그 혜성은 똑같은 주기로 태양을 돌고 있을 뿐이야. 저주 도 아니고 불길함도 아니지. 과거 역사를 되짚어보고, 만유인력 법 칙을 근거로 계산을 하면 똑같은 혜성이 1758년에 다시 나타날 거 야."

핼리 선생님은 나에게 그렇게 말했고, 책에도 같은 내용을 썼다.

1727년 아이작 뉴턴 경이 돌아가셨고, 1742년 핼리 선생님이 돌 아가셨는데 선생님은 돌아가시기 전에 내게 부탁을 했다.

"내가 예언한 해에 혜성이 나타나면 내게 와서 가장 먼저 소식을 알려다오."

1758년, 핼리 선생님이 말씀하신 혜성이 나타났다. 아름다웠다. 나는 처음 혜성을 보던 바로 그 마음으로 혜성을 보았다. 로잘린과 나는 어둠 가운데 서서 혜성이 빚어내는 아름다움을 만끽했다. 우리에겐 그 혜성도 아름다웠지만, 혜성이 1758년에 나타나리라고 예언한 핼리 선생님이 더 아름답게 느껴졌다. 이제 혜성은 더는 재앙이 아니었다. 그저 만유인력 법칙에 따라 제 길을 따라 도는 떠돌이 별일 뿐이었다.

로잘린과 나는 바로 그 다음날 핼리 선생님 묘소로 갔다.

"선생님, 선생님 예언이 맞았습니다. 아니죠. 예언이 아니라 예측, 즉 과학이죠. 선생님 과학이 맞았습니다."

그때 핼리 선생님 목소리가 하늘에서 들렸다.

"아니야. 뉴턴이 맞았어. 프린키피아가 옳았어."

그 뒤로 사람들은 때가 되면 돌아오는 그 혜성을 핼리 혜성이라 부르기로 했다.

나는 과학이 즐겁다

나는 고등학교 때 물리와 지구과학을 참 좋아했다. 수업 시간이 즐거웠고 문제 풀이가 재미있었다. 물리는 외우지 않고 이해를 바탕으로 문제를 푸는 과정이 재미있었고, 지구과학은 선생님께서 워낙 수업을 재미나게 이끄셔서 흥미로웠다. 물리와 지구과학을 좋아하게 되면서 내 꿈은 천문기상학자가 되었다. Y대 천문기상학과를 가고 싶었으나, 합격할 자신이 없었다. 우리 집은 가난했고 재수할 만한 용기는 없었다. 하는 수 없이 다른 학교를 지원했는데, 나중에 보니 내 점수로 Y대 천문기상학과는 넉넉히 갈 수 있었다. 지난 삶을 참 많이 후회하는데 가장 크게 후회하는 일 가운데 하나가 그때 내가 Y대 천문기상학과에 도전하지 않았던 선택이다.

내 고향은 고흥인데 고흥엔 '나로우주센터'가 있다. 만약 내가 천문기상학자가 되었으면 아마 지금쯤 그곳에서 일하고 있을지도 모른다. 고향에 머물며 내가 하고 싶은 일을 할 수도 있었다는 생각을 하면 아쉽기 그지없다.

아무튼 난 그 뒤로 전혀 다른 길을 걸어왔고, 어쩌다 보니 소설을 쓰는 일을 한다. 그렇지만 나는 틈만 나면 과학책을 읽는다. 과학책을 읽는다고 어디에 쓸 곳도 없고, 돈을 벌지도 못한다. 그냥 읽는 재미다. 옛날엔 물리와 지구과학이 재미없는데, 요즘은 생물학이 참 재미있다. 생물학에 담긴 신비로움을 요즘에야 깨달아서 참 아쉽다. 나는 과학이 알려주는 주는 지식보다 그러한 과학을 접하는 즐거움과 태도가 좋다. 지식보다 그 지식이 주는 뜻을 음미한다. 아무튼 과학을 소재로 글을 쓰게 되니, 글을 쓰는 내내 즐거웠다.

이 책 여주인공 이름은 DNA 이중나선 발견에 큰 공을 세우고도 제대로 평가받지 못했던 로잘린드 프랭클린에서 따왔다. 이름이 알려지지 않은 채 인류를 위해 공헌한 사람을 기리는 뜻에서 여주인공 이름을 로잘린으로 하였다. 우리 삶을 넉넉하게 해주는 모든 과학자와 기술자들에게 고마움을 전한다.

새로운 터전인 용암골에서
메마른 땅을 적시는 단비와 같은 삶을 꿈꾸며

시우

청소년 지식소설 십대들의 힐링캠프, 과학